琥珀の部屋

Shanchuan Tomeko
シャンチュアン トメコ

文芸社

目次

第一部　琥珀の部屋

その愛は、終わりを連れてやってきた……

病める人妻の憂鬱

一九八〇年代、七月。

「では、いつもの薬を二週間分出しましょう。まあ、散歩や日光浴をしたり、絵を描くとか、趣味を見つけて気楽に過ごされる事ですな」

この精神科クリニックの医者は、いつも同じ話をして、いつもと同じ睡眠導入剤と安定剤を処方するのだった。璃世《りよ》は薬局で処方薬を貰うと世田谷の自宅に戻って来た。これでまたしばらく信州に行く事が出来る。冷蔵庫から麦茶を出し、リビングの椅子に座り込んだ。煙草を取り出し一服していると、二階から大きなスポーツバッグを持った一人息子の聡《さとし》が下りてきた。

「お帰り」

母親と目も合わせずそう言うと、夏のテニス部の合宿に使う衣類やタオルを詰め込み始めた。

璃世は聡の分も麦茶を入れ、テーブルに置いた。

「合宿行くのよね……、いつからだっけ？」

「明日」

璃世は前に聡の合宿の日を聞いていたが、すっかり忘れていた事に気付いた。

「ああ……、そうだったわね。何か必要な物があったら買ってこようか？」

「特にない」

璃世はそっけない返事に戸惑いながら、パーマの取れかけた肩まで伸びた髪をかき上げる事で、気持ちを落ち着かせようとした。聡が荷物を作っているのを眺めながら、

「ママね、聡が合宿に行ってる間、また何日か向こうに行ってこようと思うの。もちろん聡が帰る前に戻って来るわ。……えっと、お小遣いはまだよね」

「昨日パパに貰ったから」

＊

聡を合宿に送り出した翌日、璃世は夫を残し、特急あずさに乗った。山梨県に入ると次第に富士山の全貌が現れ、それに加えて、南アルプスと八ヶ岳連峰の壮大な景色が列車を取り囲む。長野県との県境が近づくと、八つの峰は次第に一つの山に姿を変えていく。小淵沢を過ぎる頃には、山梨県側とは似て非なる、長く美しい八つの峰が現れる。その向こうには、蓼科山や車山にかけて別荘地が広がっている。贅沢な暮らしをしている都会の人々が、避暑地として気ままに訪れる、そんな高原地帯である。

木枠の窓に　夜が近づいて
裸の膝を　抱いてうつむく人

ランプの灯り弾いてる　ペディキュアが
乾く術《すべ》もなく　濡れたまま……
愛の渇きが癒されるまで
死ぬことすらできないと
何度も呟くの
モカの香り苦く　熱く流れる
琥珀の部屋

カーラジオから古いジャズが流れている。七月の、濃く深い緑が燃える山並み。遥か古代に噴火で崩れ去った険しい輪郭と、長く尾を引くなだらかな裾野。真夏の八ヶ岳連峰は、神々しいほどの凛々しさで信州の空に聳え立っている。璃世はその景色を観ながらドライブをするのが好きだった。白い雲が山並みに影を作りながら、走っている車を先導するかのように流れていく。真夏の風に揺れる樹々の輝き。それらがポジティブな感情を湧き起こさせるのだった。

その日、璃世は面倒な用事に出かけるところだった。運転免許証とカード類を入れた小物入れを紛失してしまったのだ。二時間前に立ち寄った、高原入口の喫茶店に電話をすると、マスターが電話の向こうで、

「おーい、みずき。さっきの落とし物……」

と誰かの名を呼び確認している。駐車場の隅に落ちていたのを、従業員が拾ってくれたのだと言う。車で二十分近くかかる場所まで、無免許で行くのは心配だったが、自分の身分が分かる物が置き去りにされている事が耐え難く、一刻も早く受け取りに行きたかった。

標高千メートルを越えると空気の変化が分かる。既に太陽は、見下ろす盆地の西の山に近づいていた。昼間、観光客で一杯だった駐車場には、二、三台の車が停まっているだけだ。『木馬』という名の喫茶店は山小屋風の造りで、午後には木枠の窓から西陽が差し込み、レースのカーテン越しに、部屋全体が琥珀を透かしたように透明に輝いて見える。静かなジャズが流れ、煙草の煙が長く漂っている。

顔なじみの素朴な雰囲気の初老のマスターに、璃世は小さな声で挨拶した。落とし物の件を尋ねると、マスターは、カウンターと厨房を隔てる壁の向こうに向かって声をかけた。

「みずき……」

マスターは厨房に入っていった。声は聞こえないが、彼女の事を伝えていると思われる。その時、黒いエプロンをした、背の高い男性の背中がちらっと見えた。マスターの妻の他に、観光客が多い時期は、若い男女のアルバイトが交代で厨房を手伝っている。落とし物を拾ってくれた「みずき」という従業員が、中にいるのかもしれない。

マスターと共にこの店をやっている、ふくよかで人の良さそうな妻が、本人確認をして落とし物を璃世に渡した。渡されたポーチは確かに彼女の物であった。片側が透明なビニール製になっており、運転免許証の顔写真や生年月日が外から丸見えになっている。璃世は拾ってくれた人がそれを見て、彼女の顔や三十八歳という年齢・住所などの情報を全て知ってしまったのではと思うと、恥ずかしさと少しの怖さで一瞬動揺した。拾い主に礼を言いたいと言うと、

「たいした事じゃないからって言うの。照れくさいんじゃないかな？」

「そうですか……。じゃあ、取り敢えずお礼を伝えておいて下さい」

璃世はそう言うと、電話越しの「みずき」という名前から若い女性を想像して、途中の土産物店で買ってきた、可愛らしいデザインのクッキーの袋を預け、店を出た。観光客で賑わう駐車場は殆ど県外ナンバーの車である。客の服装もカジュアルではあるが、話し声や仕草など、どこか地元とは違った雰囲気を醸し出している。それは、長い髪にパーマを当て、マニキュアをして、ワンピースを好んで着ている璃世も同じかもしれない。

駐車場の柵越しに、どこまでも続く緑の山並みを眺めた。もしこの地に生まれ育っていたら、どんな人生を送っていただろう。しばらくの間、夏の風に吹かれて車に戻ろうと振り向くと、喫茶店の勝手口から一人の男性が出て来て、煙草を取り出していた。彼は黒い長袖ワイシャツを着て黒いエプロンをした、厨房からちらっと見えた若い男性であった。目が合うと、彼は煙草を挟んだ手を下ろして軽く会釈をした。璃世も会釈を返し、車に乗った。彼はおそらくアルバイトの一人なのだろう。「みずき」という女性には会う事が出来なかったが、そんな事はもうどうでも

良かった。この居心地の良い喫茶店と、誠実そうなマスター夫婦。ここは璃世にとって唯一安心出来るコミュニティーの場、なのだから。

＊

夫が精密機器会社の地方支社の勤務を終え、四月から東京の本社に戻る事となり、中学二年生の一人息子の聡も都内の中学校に転校した。それまで住んでいたこの借家は九月半ばで契約が切れる。夫の長期出張でこの一軒家に三年間、親子三人で暮らしていた。本来は社宅が用意されていたが、璃世が社員の妻達との人間関係に煩わされないよう、夫が会社に無理を言って、数キロ離れた場所に個人で一軒家を借りたのだった。今年三月末で赴任の期間は終わったが、妻の心の安定のためにと、九月半ばまで借家契約を伸ばしてくれたのである。山の澄んだ空気を吸いながら、気候の良い季節を一人で過ごす事は、璃世にとって絶好の療養と言えた。

璃世は気が向いた時、家の掃除を兼ね、二～三泊この借家に一人で泊まりに来ていた。九月半ばに明け渡すまでこの家を別荘と思い、好きなように過ごして気分転換する事に、家族はむしろ賛成であった。その間、都内に住む璃世の母親が家事をしてくれており、夫と息子は不自由のない生活を送っている。この地を去る時、璃世にとって寂しさや惜しむ事は何もないだろう。この壮大で美しい自然の景色以外には……。

中学二年生の聡が、テニスの試合や再来年の高校受験を目指すための大事な時期を、母親が毎日家にいて支えるのが当然だが、情緒不安定な母親が家にいる事で、勉強に差し支えが出る程、彼女の症状は改善したとは言えなかった。

璃世はこちらでも、母親同士の付き合いや学校行事の参加など、最後まで苦手であった。元々人付き合いが苦手な璃世には、土地の住民や地域の習慣に溶け込む事は難しかった。また、東京から来た者への珍しさ、つまり、よそ者意識の強さに疲れていた。近所での璃世一家は「東京の人達」であった。唯一友人と呼べるのは、聡の同級生の母親である時子と早千江《さちえ》だけであった。彼女達は同じ学区内の地域ではあるが、四キロ離れた盆地内に住んでいるので、年に二〜三回会う程度の程良い人間関係を保つ事が出来た。地方の主婦達は皆、働きに出ている。忙しい毎日の合間を縫って、お互いの家の丁度真ん中辺りのレストランで、取り留めのない世間話をするのが楽しみでもあった。

「この間ね、実家の方の不幸があって、朝から家を空けてたら、お義母《かあ》さんから、いつまで行ってるんだ、って嫌味を言われたんだよ」

「そんな事で？」

時子の話に、早千江は驚いたように言った。

「早千江はさあ、自分の親と住んでるから分からないんだよ。こうやって友達同士で出かけるのも、下の子が小学校から帰るまでに戻らなきゃ、母親のくせにって、散々文句言われるんだから」

璃世はいつも聞き役だったが、核家族のため、義父母と暮らす時子の生活の息苦しさは想像出来ない事だった。

「ねえ、早千江、今の職場で、東京から来たアルバイトの男子大学生と出逢ったんだって？」

「うん、仕事で親しくしてるだけだよ」

「ほんと？　付き合ってるんでしょ？」

「たまに帰りにお茶飲んだり、そこら辺ドライブしたりね」

早千江はあっけらかんと、大学生とのデートを楽し気に話すのだった。時子は璃世に同意を求めるように言った。

「ちょっと、聞いた？　二十も年下なんだってよ。旦那がいるのに堂々としてるよね。いいなあ、自由で」

璃世は何と答えて良いか分からなかった。

「そうね、考え方によっては、ただのボーイフレンドだったら、お茶するくらいなら」

「璃世ちゃんまで〜？　ボーイフレンドだなんて、おかしいと思わない？　いい年して、そんな関係じゃないでしょう？　もっとさぁ、男女の……」

早千江は、「まあね」と軽く答えた。何も隠し事がない彼女の様子に、璃世は驚きを隠せなかった。時子は呆れた顔をして言った。

「こんな田舎じゃすぐに噂になっちゃうよ〜。旦那や親は何も言わないの？」

「うん、ただの友達だって、シラを切ってるから」

都会では、早千江のように浮気をしている主婦の話はよく聞くが、周囲に知られても構わず自由気ままに恋愛する事に、却って説得力を持ってしまう事が不思議に思えた。早千江がどんな家庭生活を送っているのかは良く分からないが、璃世の家庭は平凡なように見えて、実は何と暗くて重苦しい空間なのだろうか。時子や早千江は色々あっても、彼女達から伝わってくるどこか気楽な明るさが、璃世には欠けているのだと思った。

聡は、母親の気分障害の日内変動に小さい頃から敏感で、母親が鬱状態でやる気がなく、無表情の時は一切言葉をかけず、彼女が朝起きられない時は、簡単なトーストと飲み物を自分で準備して食べた。テニス部の練習に集中し、たまに気分が良い時の母親の話を聞き、頷いてやる事くらいが彼のささやかな親孝行であった。

「ユニホーム洗濯しとくわね。おばあちゃん、来てくれてるのね」

「うん」

「何か困った事はない？」

「特には……」

短い会話、これだけが母子《おやこ》を結ぶ安全な会話である。聡は自分の悩みなど、母親に相談する事はない。母親の機嫌を損ねず、泣いたり怒ったりさせないために、自分がどんな言葉を選び態度をすれば良いか、幼い頃から少年をより賢くさせた。璃世はそんな息子の気持ちが痛い程分かっていた。毎日帰りが遅い夫もまた、璃世の気分の変化にビクビクしている様子であった。

「向こうも暑いか？」など、簡単な会話だけを求めてきた。

「それ程ではないわ」

璃世も決まりきった返事を、夫婦とは思えぬよそよそしさで返した。夫は社会人としての体裁や中間管理職としての立場上、離婚だけは避けたかった。どんな妻であっても、世間体や今後の出世のために、基本的な家庭は必須であると考えていた。

出産後の育児ノイローゼから今日まで、二週間に一回精神科に通い、睡眠導入剤と安定剤を貰う事だけが彼女の治療であった。

そんな事を時々反芻し、何故こんな人生になってしまったのか、生まれつきの病気だったのか？サラリーマンの両親の元に生まれて、短大を出て当たり前のように見合い・恋愛を繰り返し、平凡な結婚をした。中間管理職の夫の給料で何不自由のない生活。健康で勉強の出来る一人息子。バブル期の日本の中流家庭の専業主婦など、都心では当たり前である。友人は皆、この当たり前の専業主婦を楽しみ、子供の教育と学校行事、旅行やお茶をする母親同士の付き合いの中で、自分の社会での地位を築き、自分の存在価値を確認する。また、「キャリアウーマン」という言葉が定着してから、独身者は男性中心の社会の中で、男達と対等に仕事をこなしている者も多い。

母親同士の付き合いを好まず、言葉を濁して誘いを断る事の多い璃世に対して、友人達は次第に距離を置くようになっていった。

あの日の出来事……。家族の中で忘れ去りたいあの出来事が、決して口に出してはいけない無言の約束だから。母親を恐れ、自分を守るために精神的武装を強いられた子供が、母親のいない間、安心した生活を送っているのだろうか？　夫とは璃世についてどんな話をしているのだろう？　せめて夫は彼の味方で、二人して璃世の悪口を言い合い、いっそ「お母さん、ずっと向こうに行ってれば？」と、璃世を突き放してくれればどんなに楽だろう。

＊

八月の初旬、借家の片付けは殆ど終わり、残っているのは璃世のベッドと衣装ダンス、テーブルなど、最小限の物だけである。彼女はここで好きなだけ本を読み、時々山の景色や道端の草花のスケッチをした。主治医から、絵を描く事で心の安定感と集中力が養われるとアドバイスを受けたからである。鏡を見て自分の顔をデッサンしてみた事もあったが、最初から寂し気な表情しか描けず、そんな自分の顔に嫌悪を感じ、スケッチブックや絵の具箱を段ボール箱に入れたまま、描く事をやめてしまった。酒に弱い璃世は、煙草だけは手放す事が出来ないヘビースモーカーである。喫煙は薬と同様の安定剤の役目を果たしていた。

現在の癒しは、晴れた午後に近隣の蓼科や白樺湖までドライブに行く事であった。その帰りに、高原と自宅の途中の高台に、ポツンと佇む喫茶店『木馬』で、読書をしながらコーヒーを飲み、煙草をくゆらすのが楽しみになっていた。この地に越して来た最初の頃、一度家族で立ち寄っただけだったが、ふと思い出して、三か月前から一人で訪れるようになった。学区からも離れており、地元の知り合いの誰とも会わずに済む、彼女だけの自由な場所。最近は夏休みの時期で観光客が増え、昼食時を挟んで混み合っている時間は席が取れない程である。そのため、十五時頃の空いてきた時間に行くようにしていた。

璃世は、落とし物を拾ってもらってから、「みずき」という従業員が気になっていた。マスターの中年の妻以外、若い女性の姿を見た事は一度しかない。シフトの時間が変わったのかもしれない。しかし、あの時ちらっと見えたあの若い男性の背中、そして、勝手口の外で煙草を取り出していた彼の横顔……。

璃世は今日、久し振りに来店し、いつもは気に留めていなかった厨房から、微かに聞こえる会話に聞き耳を立てた。マスターが注文を受けると、壁の向こうの妻によく通る低い声で伝える。時には厨房で陽気な妻が従業員と話をしており、彼女の甲高い笑い声が響いてくる。マスターは、黙々とカウンター内で、サイフォンでコーヒーを淹れている。マスターが時間をかけて淹れる、苦みのある濃いモカが璃世のお気に入りであった。

香ばしい香りと共に、優し気な表情の初老のマスターが「お待たせしました」と言って、いつものように黒天目の分厚い陶器のカップをテーブルに置いてくれた。「ありがとう」と璃世もまた、いつものように微笑んで返した。

一時間程経った頃であろうか。璃世はカーテンから漏れる陽射しが弱くなった事に気付き、夢中になっていた読書の手を止めた。客が少なくなった喫茶店の静かな会話と音楽の響きの向こうで、

「みずき、そろそろ終わる時間だよ」

妻がその人に声をかけるのが聞こえた。姿は見えない。璃世は、「みずき」を知るために、どうしても顔を見てみたかった。支払いを済ませると駐車場に出て勝手口を見た。

同時にそこから、あの時の若い男性がエプロンを取りながら出てきた。二人の目が合い、璃世はやっぱりと思った。みずきと呼ばれた人物が、この男性ではないかと察していたからだ。二十代前半に見えるこの若者は、少し驚いたような顔をしたが、すぐに口元に笑みを浮かべて軽く会釈をした。それは客に対する従業員としてのものであろうが、あの時拾ってくれた、透明のビニール製のポーチから透けていた璃世の写真を、彼は見た筈であり、璃世を見て思い出した筈である。

璃世は落とし物のけじめをつけたいと思い、少しだけ青年に近づいた。

「あの、もしかしたらこの間、落とし物を拾って下さった……」

青年は小さく頷いた。

「お礼を、受け取って下さったかしら」

「はい、有難うございました。却って気を遣わせてしまって……」

青年は璃世を見て、すまなそうに言った。

「みずきさん、とおっしゃるの？　身分証を見られちゃって、何だか恥ずかしいんだけど。落とした後、警察に連絡しなきゃと思ったの。だけど、ここしか寄らなかったから……。二十分も無免許で走ってしまって、すごく焦ったわ……」

璃世は次第に早口になり、途切れ途切れに言い訳をしている自分に焦りを感じた。呼吸が激しくなり、胸が苦しくなった。思わず左の腕時計のバンドを強く握り、小刻みに動かし始めた。青年は彼女の様子を見て戸惑った表情をした。璃世は初対面の青年に病を見透かされたような気がして、この場から逃げ出したくなった。その時、他の客が店から出て来た。璃世は急いで車に乗り、振り向かずに駐車場を後にした。

家に帰ると、璃世はさっきの青年の事を思い出していた。優しそうな青年の笑顔の瞳には、どこか寂しさが漂っていた。「みずき」と尋ねて、その名を彼は否定しなかった。次第に三十八歳という自分の年齢を、学生のような若い男に知られた事に悔しさが湧いてきた。そして、名前から女性と信じていたのが男性だった事も、女性用に買った可愛いらしいクッキーも、何か裏切られたような気がして、それらが彼女の心をいたずらに波立たせ、それを鎮めるために頓服の安定剤を飲んでベッドに寝転がるのが精一杯であった。

一週間後、璃世はどうしても『木馬』のモカが飲みたくてやって来た。観光客は遠くの都道府県からも来ており、そんな知らない者同士が集まる場所。所詮彼らも璃世もよそ者である。丸太を渡した天井からぶら下がったランプの橙色の灯りが、一人ぽっちの彼女を外敵から守ってくれる、そんな隠れ家のような場所。あの青年に会うのが気まずかったため、いつもと時間をずらし、今日は午前中に来てみた。

　マスターはいつものようにモカを淹れてくれて、余計な事は言わず璃世を一人にしてくれる。この距離感のある無言の優しさが心地良い。焦げ茶色の陶器のカップの中で、琥珀色のランプの灯りが小さく揺れている。ＢＧＭは明るいモーニングジャズ。そして、青白く漂う煙草の煙が不安な心を癒してくれる。

　昼時になり、昼食を摂るための客が多くなってきた。店内は活気が出て、ランチの時間は慌ただしさが感じられる。璃世は店を出ようとカウンター横のレジに行った。マスターの妻がいつもの笑顔で会計をしてくれた。その時マスターが厨房に入り、「みずき」と呼んで、注文の内容を伝えているような話し声が聞こえた。璃世は、「ああ、この時間にはもう来ているんだ」と思った。それだけだった。

　駐車場に行くと、県外ナンバーの車で一杯だった。そこから少し距離をおいた勝手口のすぐ横が、従業員用の駐車場であろうか？　地元のナンバーが三台並んでいる。その端の中古の黒いセダンが、みずきのではないかと思った。

璃世が『木馬』以外で黒いセダンを見かけたのは、月曜日の昼下がりのスーパーマーケットであった。広い駐車場の出入り口付近にその車はあった。璃世は離れた場所に車を停め、降りずにそちらを見ていた。自分の存在を知られたくない。スーパーの中で彼に出くわすなんて、きまり悪さしか感じなかった。カーステレオから流れる音楽を聴きながら、璃世は時々バックミラーに映る車に目をやった。

間もなくスーパーから買い物袋を提げた、白い半袖のTシャツを着た青年が出て来た。彼はあの黒いセダンに乗り込み、駐車場を出て山の方へ向かって行った。その辺りは、集落の中にぽつぽつと白樺や別荘が混ざり合うように建っている。昔ながらの住民と、季節毎に訪れる都会人の相容れぬ人間関係の共同の場所。この青年がここでどんな生活をしているのか知りたくなった。

璃世は思わず彼と同じ方向へ車を走らせた。次第に道幅が狭くなり深い山が迫ってくる。登山口に続く坂道の途中に小さな集落があった。『木馬』を挟んで璃世の家とは真反対の場所である。田畑の間の坂道の先に、アパートや宿泊所があるとは思えない。璃世は既に彼の車を見失っていた。しばらく坂道を上った時、以前にこの辺りに来た事を思い出した。

三か月前、璃世は一人でドライブし、道に迷って林道の手前でUターンするのに何度も切り返しをして苦労したのだった。やっとの思いで引き返す途中、道から少し奥まった所に建つ古い民家の庭に、一本のハナミズキが真っ白な花を咲かせ、初夏の陽射しに輝いているのが目に留まった。その木の前で一人の男性が、こちらに背を向けて何かの作業をしていたのを思い出した。

今回もやはり、同じ場所で何度も切り返し、やっとの事で向きを変えた。引き返す途中、生垣の奥にあの古い民家があった。見覚えのある白い花を咲かせたハナミズキは、今は青々とした葉が茂り、真夏の山風に小刻みに揺れている。そこに、あの黒いセダンが停まっているのが見えた。青いトタン屋根は所々色が剥げ、茶色く錆び付いている。木造の平屋の隣に農具を入れるような小屋がある。畑らしき場所に作物はなく、無造作に咲き誇る白やピンクのコスモスが庭の周りを彩っている。素朴で力強く成長する野生の草花である。ハナミズキの前には、手作りの木製の小さなテーブルと、椅子が二つ置かれている。

それは家族がおり、彼と同居している事にもなるだろう。璃世は少し失望した。都会的に見える彼が、地元で生まれ育った青年であり、璃世とは何の共通点もない遠い存在なのだ。気持ちを切り替え、さっきのスーパーで夕食の買い物をして自宅に帰ろうと思った。エンジンを切ってしばらく見ていたので、再び掛けるが、すぐに掛からない。何回かキーを回していると、音を聞きつけて玄関から誰か顔を覗かせた。それはあの青年、みずきだった。璃世は悪い事でもしたかのように顔を伏せて、何度もキーを回しアクセルを強く踏んだ。数回目でやっと走り出したが、心臓の鼓動が激しく、強い罪悪感に襲われた。

こんな些細な事でも激しく動揺し、パニック症状を起こしてしまう。このまま年を取ったら、いつか廃人になってしまうのではないかと、底知れぬ不安に襲われるのだった。

中間管理職の夫は四月から都内の支店を任され、家族に何不自由ない生活を与えてくれている。無口な夫が璃世と付き合ってすぐに結婚を申し込んだのは、彼にとって失敗だったと後悔しているのではないか？

＊

この地に来て中学生になった聡は、学校にもすぐに慣れ、テニス部に入り、部員や同じクラスの生徒の家に遊びに行ったり、自宅に呼んだりしていた。同級生の一人の母親である時子は、さっぱりとした性格で、他の母親のように璃世をよそ者扱いしない。よそ者扱いされている事自体が、璃世の思い込みなのかもしれないが……。

時子は璃世がＰＴＡの役員になった時も、父兄に溶け込めない彼女をさり気なくサポートしてくれた。彼女は時々璃世に電話をかけてくる。時子のたわいない話は、義父母との同居の難しさ、子育ての大変さ、近所や親戚の小さなトラブルなど、人間関係の煩わしさである。東京での情報を聞いて都会に憧れる気持ちもあった。時子にとって璃世は、悩みのない裕福な都会人に見えるようであった。目まぐるしく変わる殺伐とした都会の街並みと比べれば、この美しい自然の中で、何を悩む事があるのだろうか？

その夜、母や夫から立て続けに電話があった。家の掃除や夫の夕食の支度をして実家に戻った母は、息子が合宿中と言えども、主婦が夫を残し何日も家を開ける事を咎《とが》めた。

「璃世、いくらなんでも俊夫さんを放ったままにして駄目じゃないの。もう五日目よ。気休めにって言ってくれてるけど、勝手すぎるわよ！」

「あの人がこっちでゆっくりして来て良いって言ってくれたから、そうしてるだけよ」

「何言ってるの。いくら俊夫さんが良いって言っても、いつまでもこんな事してたら、離婚されても仕方がないわよ」

「私だって体調が悪いのよ。仕方ないでしょ？　こっちにいた方が気分転換になるって、先生からも言われたんだから」

「またそうやって、自分を甘やかして」

「お母さんだって分かってるでしょ？　私だって好きでこんなになったんじゃないのよ。子供の時の事思い出して。私がこうなったのもお母さんのせいよ！　お願いだから放っといてよ！」

璃世は叫ぶように言って一方的に電話を切った。イライラして呼吸が荒くなり、落ち着かせるために家の中をグルグルと歩き回った。そこにまた電話が鳴った。

夫からであった。

「僕だ……」

璃世は返事もせず、受話器を耳に当てたまま黙っていた。

「お義母さんが夕食の準備や作り置きをしてくれて、さっき帰った。いつも助かるよ」

「……」

「荷物は片付いた？　通院の日までには帰って来るんだろ？」

「帰る前に、電話するわ」

「薬はちゃんと飲んでるのか？」

「ええ、それに、毎日一人で山を見ているだけで、気持ちが落ち着くの」

「そうか……」

安否確認のような、簡単な会話である。

「聡が合宿から帰ったら、なるべく家にいるようにするわ。私……、自殺なんか考えてないから、心配しないで」

「そんな……、何かあったら電話するようにな」

夫の声は妻を刺激しないよう、どこか上《うわ》ずった響きがあった。

聡は家にいたとしても、電話で話す事などしないだろう。十四歳の息子は反抗期の年代でもある。中学に上がってからは彼から会話をする事もなく、母を呼ばなくなった。嘘でもいいから、小さい頃のように「ママ早く帰って来て」と言ってくれたら……。

主治医からは、一日三回服用している安定剤を、調子が良ければ段々と減らしていき、将来断薬していくよう指導されていた。これ以上薬を増やすよりも、栄養を摂り、規則正しい生活を送る努力をする事が大事であると言われていた。そして、何よりも日光をよく浴びる事。そんな当たり前の基本的な事が、何故納得出来なかったのか？　医者は初診時から簡単なアンケートを取ったり現在の症状は聞くが、基本的な事以外は聞いてこない。いわゆる三分間診療である。璃世のような精神状態は、不安症、軽いパニック症状、軽度の鬱などで、聡を産んだ後の事件は一過性の事のように捉えられていた。璃世は今でも漠然とした死への衝動がある事を、医者には伝えていなかった。次の患者の診察の時間を気にしてそわそわしだす、この男性の医者には話す気になれなかった。

年の差ゆえに……

八ヶ岳の蒼い稜線から、真っ白い入道雲がもくもくと湧き上がってくる。昼間の強い陽射しと爽やかな暑さが、彼女の心をいくらか活発に保っていた。美しい自然の中で毎日緑のマイナスイオンを取り込めば、心の不安感を消す事が出来るかもしれない。何か冒険をしよう！　強い陽射しを受けて、璃世は気持ちが高まるのを感じた。

璃世は久し振りに『木馬』にやって来た。あの時、みずきの家の前で彼に気付かれてしまったとしても、何故か今は彼の気配を感じたくなるのだった。一回り以上も年下に思われる青年であるのに、何故そんな気持ちになるのか不思議だった。

まだ客足が増えない午前の店内は、レースのカーテンを通して陽が射し、明るく輝いている。今日は穏やかなジャズが静かに響いている。お気に入りの窓際の席が空席である事を確認し、マスターに挨拶をしようとカウンターに目をやった。すると、いつも「いらっしゃいませ」と言ってくれるマスターの姿はなかった。厨房に入っているのだろうと思い、璃世は席に座り本と煙草を取り出した。窓の明るさに目を細めていると、

「いらっしゃいませ」

と、マスターとは違う声が聞こえた。顔を向けると、みずきが氷の入った水のグラスとおしぼ

りをトレーに乗せて璃世の席にやって来た。璃世はびっくりして、小さく「あっ」と声を出した。

「マスターは？」と聞く間もなく、

「今日、マスター夫妻は用事があって、昼からなんです」

と、明るい笑顔で彼は言った。璃世は、あの時みずきの家の前から走り去った彼女の車を、彼が見たかどうか確かめる事も出来ず、黙ってしまった。

「いつものモカでいいですか？」

みずきが聞いた。彼がおしぼりを差し出しているのに気付き、璃世は頷いて受け取った。みずきのしなやかな指が彼の若さを表している。ここでは、彼はいつも黒い長袖のワイシャツを着ている。その右手の甲に小さい傷があった。治りかけの薄赤い盛り上がりが、きめ細かな肌を引き立てている。

みずきはカウンターに入ると、慣れた手つきでサイフォンでコーヒーを淹れた。璃世は読みかけの小説を開き、落ち着いている振りをした。あの日の事を、みずきは気付いていない、知られていない事として自分に言い聞かせた。みずきが淹れたモカは、マスターと同じ、苦みのある、璃世の好きな香りと味であった。

みずきはてきぱきと接客をして、客が増えてくると、他の従業員と交互に料理を作り運んでいる。一従業員として長く働いている様子だった。いつも客の少ない午後を選んで来店していた事を、璃世は少し後悔した。繁忙期の彼をいくらでも見る事が出来たし、マスターのように璃世の気持ちを汲み取って、コーヒーを運んでくれていたかもしれない。璃世がいつもモカを注文している事を知っているのも、何だか嬉しかった。

マスター夫婦と親子には見えないが、縁戚関係のような親しさを持ち合わせていた。しかし、彼の表情には、穏やかさに名を借りた陰りがどこか漂っている。その陰りは、璃世の中の闇と隣り合わせにいるような、不思議な共通点でもあるように感じた。

＊

その夜、電話が鳴った。聡の同級生と名乗る少女であった。

「私、聡君と同じテニス部でした。伝えたい事があるんですけど、東京の電話番号、教えてもらえませんか？」

「どんな内容ですか？」

「聡君と話せば分かります」

「聡は……、向こうの学校でもテニス部に入ってますから。今は合宿中なんです」

「合宿いつまでですか？　夏休み中にこっちには来ないんですか？」

「合宿は……ええと、いつまでだったかしら……。用件があるなら伝えますけど」

「……」

しばらく無言が続き、そのまま少女は電話を切った。璃世は、聡がこちらの学校で部活の友人はいたが、女子もいたかどうかなど考えもしなかった。というより、中学生になってからは殆ど会話をした事がなかったため、息子の友人関係もろくに知らなかった。

電話を切った後、璃世は珍しく料理に使うワインを少量飲んだ。酒に弱い彼女は、ビールを半分空けただけでも気持ちが悪くなってしまう。もし酒が飲めれば、きっとアルコール依存症になっていただろう。その代わりヘビースモーカーになってしまったが、どちらにしても何かに依存していないと、精神の安定を保つ事は難しかった。

たった一口のワインで酔いが回り、聡が生まれた頃から小学校に上がるまでの、可愛らしい姿や笑顔が浮かんできた。母親を求めてよちよち歩きで、小さな両手を広げて、まだ「ママ」と上手《うま》く呼べない天使の声と姿。

そして、お腹が空いたり暑かったり、むず痒さで泣き叫ぶ我が子の声に耳を塞ぐ母親。ただの育児ノイローゼとして夫は見て見ぬ振りをしていた。友達が少ない璃世は、生き生きと働く友人達にどこか引け目を感じ、かと言って、幸せそうに子育てをしている友人達にも悩みを相談する事は出来なかった。泣き止まない赤ん坊にイライラして、乱暴に扱ったり叩いたりする事が日常茶飯事になっていった。都内に住む璃世の母親が心配して、週に一、二回手伝いに来ていたが、母の前では叩いたりしないため、むしろ育児放棄の傾向があるように思われていた。夫は注意も出来ず、気にしない素振りをするだけ。

璃世は自分が産んだ、こんな小さな可愛い者が可愛いと思えなかった。子供を殺したニュースを見て、育児ノイローゼの恐ろしさを自分の中にも見出していた。夫が地方に単身赴任をしていた時に見つけた、秘密の電話番号。電話の向こうの女の声……。

グラスに注いだワインの赤色が、蛍光灯の白い光を通し、透明に輝いている。璃世はグラスを翳《かざ》しながら、それをぼんやりと眺めた。これが『木馬』のランプの灯りだったら、どんなにか美しいだろう。璃世はあの時の現実を遮断するために、蛍光灯の無機質な寂れた白に揺れる赤を、錠剤と共に飲み込んだ。

璃世の幼い頃の両親の不仲。父親の愛人との二重生活。ひたすら父親を責めて、全てが父親のせいだと強がる母親が、少女は怖かった。父を恋しがって泣くと、母は璃世の頭や頬を叩いて泣き止むまで叱り続けた。母のようにだけはなるまいと、少女は心に決めていた。遠い過去の情景が、ゆらりゆらりと瞼の裏に浮かんでは消えていった。父親の外での行為が、夫の単身赴任の姿と重なる。璃世はそんな心の動揺を鎮めるため、腕時計を外し、左手首の古い横線を、右手の親指で強く擦り続けるのだった。

だがその夜、最初で最後の事件が蘇る前に、璃世は眠りに落ちた。このまま朝、目覚めなくても構わないと思いながら……。

＊

璃世は、毎日のように『木馬』に通わずにはいられなくなった。あの青年の車が駐車場にあり、彼が厨房にいる。客が多い時間には、カウンターでコーヒーを淹れたりウェイターをする、そんな彼の姿を見るだけで、情緒が落ち着く気がした。コーヒーを運んでくれたあの時から、みずきは璃世と目が合うと、笑みを浮かべて小さく会釈をしてくれる。それだけで安心し満足だった。

八月も中旬に差し掛かっていた。樹々が梢の先を揺るがせ、激しいセミの声が短い夏を謳歌している。璃世は一度家族と訪れた盆地の湖にドライブをした。風に煽られた大きな波がキラキラと、海のように押し寄せてくる。湖を囲む高原に続く山々。遠くに北アルプスが霞むように蒼く突き立っている。こんな美しい景色を、もっともっと観ておけば良かった。

帰郷が近づくにつれ、何かを急いでしなければ、一生後悔するような気がした。

(今しか出来ない事があるはず)

盆地の蒸し暑さに汗が滲み出し、日中の陽射しの強さに疲れ、璃世は引き返した。途中、夫が赴任していた会社の建物が見えた。三年間の借家生活は、夫の同僚の妻達とも交流しなかったため、会社で璃世の姿を知る者は殆どいない。夫は妻の不謹慎な行動を恐れ、管理職としてのステップアップに支障があってはならないと思っていた。璃世は、そんな夫のお荷物である事に自暴自棄になり、何度も離婚を切り出していた。

自宅まであと一キロの所でガソリンが底を突きそうになり、通りかかったガソリンスタンドに立ち寄った。自分で洗車をする事も面倒なため、車体は大分汚れていた。

璃世は洗車を頼むと、スタンド前の道路の脇で煙草を吸った。三年前にこちらで購入した車のナンバーは地元表示である。しかし、璃世のワンピースとパンプス、パーマをかけた栗色の長い髪、マニキュアとアイメイク。煙草を片手に、気怠そうな表情で髪をかき上げる姿は、地元のナンバーには似つかわしくない。ガソリンスタンドには、観光客や地元の車が次々と出入りしている。

洗車を終え、支払いを待っていると、見覚えのある一台の黒い車が給油をしていた。運転席を見ると、みずきも璃世に気付いて窓から顔を出した。

「これからお出かけですか？」

「いいえ、帰るだけ。洗車の道具がないから、ここで綺麗にしたのよ」

「そうですか」

みずきは『木馬』では見せた事のない、人懐っこい笑顔で微笑んだ。みずきが先にスタンドを出て行った後、璃世も支払いを済ませ道路に出た。少し先に、明らかに璃世を待っているかのように、その車は停まっていた。みずきは車から降りて璃世が後ろに止まるのを待っていた。璃世も停車し窓を開けた。

「洗車の道具、良かったらお裾分けします。僕の家この近くなんで、付いて来て下さい」

既に二人は初対面ではなく、一か月前からの顔見知りであった。しかも、一回り以上も年下と思われる男性に、璃世は恐れを感じる事はなかった。彼の家の場所も既に知っている。家族と住んでいる地元の青年に違いないという安心感があったからだ。

　観光地への入り口から離れて、登山口に向かう坂道の途中に、やはり彼の家はあった。山に囲まれた陽の当たる時間の少ない、ひっそりとした古民家。庭の奥に彼は車を停め、璃世の車を庭の中に誘導した。葉の生い茂る一本のハナミズキと、その前に置かれた手作りの小さなテーブルと二つの椅子。その一角だけが洋風な雰囲気を醸し出していた。

「ちょっと待ってて下さい」みずきは家の隣にある小屋に入って行った。璃世は車外に出て、周辺を見回した。こんな寂しそうな所に彼が住んでいるなんて、住居は別にあるのだろうか……。すぐにみずきが出てきて、手に持った洗車の道具を布袋に入れながら、洗浄剤やブラシ、拭き取る布などの説明をしてくれた。なんて素朴で純粋な青年だろうと、璃世は感動さえした。

「ありがとう。実は、私一人暮らしなの。洗車も出来ないなんて情けないわよね。今度からやってみるわ」

　みずきは璃世が一人暮らしと聞いて、少し驚いた顔をした。璃世の薬指のリングを、彼が一瞬見たような気がして、思わず左手をスカートの裾に隠した。みずきは気にしない表情で言った。

「そうなんですか。僕も一人暮らしなんですよ」

「あの、ここは？」

「僕の家です。数か月前に戻って来て、こんな荒れ放題なんで、少しずつ家の中や庭を綺麗にしている途中なんです」

「そうなの……」

璃世は、それ以上の事情はぶしつけに聞いてはいけないと思った。彼女の心の琴線に触れる事と同じだと感じたからである。荒れた庭に午後の陽差しが、ハナミズキとコスモスの影を濃く映し出している。

みずきは、いつものウェイターのような仕草で璃世を木陰のテーブルに案内し、コーヒーを淹れてくれると言う。急いで庭の物干しに吊るされていたタオルで椅子の埃を払い、照れくさそうに璃世をエスコートした。喫茶店での関係そのものだと、二人はおかしくなって笑い合った。

みずきが家の中でコーヒーを淹れている間、璃世は絵画でも見るように、自然の観察と体に触れる心地よい山風に身を任せていた。しばらくして、みずきが『木馬』と同じ香りのするモカを運んでくれた。磁器の白地に西洋的な花柄の、女性が好みそうな洒落たカップ。小皿にアーモンドが盛ってある。

「何だか東京の喫茶店を思い出すわ」

二人はモカを味わい、それぞれの煙草をくゆらせながら、マスター夫婦の人柄の良さや、近隣の観光地の事など、差し障りのない話を友達のように語り合った。

半袖のTシャツを着ている彼の、日焼けして艶のある両腕には、右手の甲のそれと似た新しい傷と、痣《あざ》のような古い傷痕が幾つかあった。みずきはそれらを隠そうともせずに、テーブルに自然な仕草で肘をつき、カップを持っている。

璃世は彼の腕から視線を外し、気にしない素振りをした。たとえ心や体の傷を見せ合ったとしても、説明する必要なんかない。二人にとって、今この雰囲気が癒しになるのなら。

「またこの喫茶店に来て、コーヒーを飲みたいな」

「いいですよ。月曜と金曜が僕の休日ですから。金曜日はいつも出かける用事があるから、月曜日の方が確実にいるかな」

璃世は、みずきと何の約束もせずに古民家を後にした。この優しく素直そうな青年は、さぞかし母親に愛されて育ったのではないだろうか？　聡が合宿から戻ったら、彼と向かい合ってちゃんと話をしてみたいと思った。今度こそ母親として過去を詫びて、息子を愛している事を表現してみたい。母として、一人の人間として生まれ変わりたい。この土地にいる間に、この病を治せるならば……。

＊

時子から久し振りにお茶に誘われた。

「璃世ちゃん、東京に帰るまであと一か月もないんだね。あたしはお義母さんやお義父さんの手前、あんまり遊びに行けないから、しょっちゅう会えなくて本当残念だよ」

「私も東京に戻ってる事が多かったから」

「ねえ、知ってる？　早千江の話……」

「えっ、早千江さんに何かあったの？」

時子はひそひそ声で続けた。

「あの子この前、温泉旅館にアルバイトに来てた大学生と出来ちゃったって、言ってたじゃん……。先週、遂に家出、つまり駆け落ちしちゃったんだって。近所で噂が広まってる」

「子供がいるのに？」

「子供はね、下の子はまだ小学四年生。相手は東京の大学二年生でまだ二十歳《はたち》らしいよ。冬休みと夏休みに来てて……。駆け落ちする計画してたんだろうね。旦那と親は連絡を待ってるけど、警察に届けるって言ってるんだって」

璃世は驚き動揺したが、早千江の行動をいきなり否定する気持ちにはなれなかった。

「でも、家ではどうだったんでしょうね。どうして、まだ中学生と小学生の子供を置いて行けたのか？」

「あの子の両親は躾がすごい厳しくて、子供の頃から勉強や習い事で、あたし達とも殆ど遊んだ事がなかったんだよ。いわゆる『箱入り娘』でね。高校出て会社に勤めた時、彼氏が出来たんだけど、相手の家柄が良くないとかで世間体が悪いって、親に別れさせられてさ。二人姉妹の長女だから、見合い結婚して、仕方なく両親や祖父母と同居してたから、今頃反動が出ちゃったんじゃないかな？

あたしなんか長男の嫁に入って、舅・姑に子供を預けてずっと働きに出てるからね。田んぼや畑仕事もあるし、自分の子供なのに抱っこする暇もなかった。子供が小さい頃はお義母さんが母親で、あたしはお手伝いみたいなもんだった。旦那はお義母さんの味方だし……。あたしもさあ、そんな出会いがあれば、旦那や子供を捨ててでも、駆け落ちしちゃうかもしれないけどね……」

璃世はそんな現実に絶句するばかりだった。慎ましく生きている人ばかりに見える地方にも、そんな鬱屈した思いと激しい情熱が籠っているのだと。時子は頬杖をついて、窓に広がる八ヶ岳の向こうの空を眺めた。

ジャズとモカと、薬指の誘惑

早千江の逃避行の話は、璃世の心に大いに影響を与えた。みずきとはまだ友人関係とまでも言えない、ただの知り合いでしかない。親しく会話をして何を咎められる事があるだろうか。璃世はみずきとお互いの電話番号も聞かずに、月曜にふらりと彼の家に行って、彼がいれば寄ってみようかと考えていた。そうすれば彼も予定して待っていてくれるかもしれない。良き友人として、たわいない話を。そして来月、彼女はこの土地を出て行く。それで終わり。それでいい……。

『木馬』は今日も観光客で賑わっていた。マスター夫婦は二人の出会いなど知りもしない様子で、相変わらず璃世に「いつものですね」とモカを淹れてくれる。みずきは主に厨房の中で調理をしている。たとえ姿は見えなくても、そこに彼がいる事だけで璃世は気持ちが落ち着いた。早くも秋が近づいているのを知らせるかのように、草むらの中ですず虫が鳴き、夕方には寂しさを含んだ風が吹くようになった。短い夏の活動的な気持ちが失われない内に、璃世はこの自然を満喫しておきたいと思った。

今日は月曜日、みずきの家に行ってみよう。もし彼がいなければ、登山口まで行って一人でハイキングをしよう。璃世はジーンズとポロシャツに、久し振りのスニーカーを履いた。みずきから貰った洗車の道具で車を洗い、ワックスを掛けた。八ヶ岳連峰の阿弥陀岳の上に、真っ白い雲が浮かんでいる。太陽はまだ、夏の生命力の強さを放っている。輝く蒼と白と緑のパノラマを、こんな喜びの感情で眺めた事があっただろうか？　山並みに映る雲の影が、彼女の車と追い駆けっこをするように、彼の家へと走って行く。

みずきは鍬で荒れた畑を耕していた。璃世は車を停めて窓越しに彼を見ていた。すぐに彼は気付き、鍬を置いて首に巻いたタオルで顔の汗を拭きながら、庭に車を誘導してくれた。その時、近所の住民の車が通りがてら、運転手がその様子を見ているのに璃世は気付きもしなかった。みずきも璃世が自宅に来る事に何の躊躇もなく、近所の目も気にしていない様子であった。

「畑作ってるのね」

「少しずつね」

「私も手伝うわ」

「無理しなくていいですよ。まさか、そのためにその格好で？」

「違うわよ。もしあなたがいなかったら、この先の山に登ってみようと思って」

「この時間からじゃ、すぐに陽が傾いて暗くなってしまいますよ。それにその軽装じゃ……、ピクニックくらいなら出来るけど」

みずきは可笑しそうに言った。

「じゃあ、今日は諦めてモカをいただこうかな。今度、良い場所があったら連れてってくれる？」

「いいですよ」

テーブルの上に、小さなスケッチブックと鉛筆が置いてあった。それには、ハナミズキの木とコスモスのデッサンが描かれてあった。

「絵を描いているの？」

「たまにね、気分転換に」

「上手ね。私もアドバイスで絵を描いた事があるのよ。でも、才能もないし、長続きしなくて途中でやめちゃったの」

みずきは苦みのある香ばしい香りのコーヒーカップを二つと、アーモンドの小皿をテーブルに置いた。璃世は彼女に夫と息子がいて、来月半ばには東京に帰る事が決まっていると、ごく自然に話した。家族一緒に観光に出かけた事が三年間で数回しかなく、もっと出かけておけば良かったと、後悔を打ち明けた。みずきは頷きながら聞いている。しかし、みずきが彼の家族の話をする事はなかった。璃世は彼の家庭事情など、むやみに聞き出してはいけないと思った。ましてや傷痕の理由など……。

「ねえ、彼女、いるんでしょ？」

璃世は冗談交じりに聞いた。みずきは笑って首を横に振った。二十三歳という彼の年齢を聞いて、璃世は呟くように言った。

「私がもっと若かったら、毎日ここに押しかけちゃうかも。若いうちは無謀な事をしても、若気の至りで済まされるから、出来る事なら後戻りしたい。あと十年くらい遅く生まれていたら……」

いつの間にか山間の集落は日陰に包まれ、夕風が肌にひんやりと感じた。みずきは璃世が車に乗り道路に出るのを誘導してくれた。璃世は別れ難い気持ちになった。

「また、来てもいい？」

「もちろん」

「じゃあ、気が向いたら、月曜日にね」

璃世はこんな年の離れた青年と、ただコーヒーを飲むだけの付き合いがあっても何も問題はないと思えた。早千江のような衝撃的な行動に走るなんて、自分とみずきの間には有り得ない事だと……。

来週の火曜日は二週間に一回の薬の処方のため、東京のクリニックに通院する日であった。聡が合宿から帰るのは再来週である。璃世は、医者に無理を言って三週間分の薬を貰えば良かったと後悔した。医者の指導通りに安定剤を減らしていけば残りをストックしておけるが、減薬にはまだ不安があった。そんな事を考えると余計にイライラと不安感が募る。そして、みずきに会いに行く事をやめられなくなっていく気持ちも、いたずらに彼女の心を波立たせるのだった。

一週間が長く感じられ、璃世はみずきの家に車を飛ばし、勝手に庭に車を入れた。彼はスケッチブックを庭のテーブルに置いたまま、家の中にいるようだった。音が聞こえたのか、すぐにみずきが縁側から顔を出した。彼が笑顔で歓迎してくれた事に璃世はほっとした。

「一人？」

「うん、いつも……。コーヒー、淹れますね」

みずきが縁側から庭に下り、テーブルのスケッチブックを片付けようとすると、璃世は聞いた。

「ねえ、私の肖像画、描いてくれる？」

「いいですよ。じゃあ、コーヒーを飲みながらでも」

そう言って家に入って行った。璃世は明日東京に戻り、二、三日は向こうにいる事を言い出せなかった。出来れば日帰りでもこちらに戻りたいが、夫や母の手前、そうもいかなかった。

いつものように、みずきがモカを運んでくれて、昔からの友人のように接してくれる。璃世の前では隠さない腕の傷も、彼女に心を許し、まるで理由を聞いてほしいと訴えているかのように感じた。璃世が安定剤がないと生きていけない事を知ったら、彼は距離を置くだろうか？　そんな話を聞きたいだろうか？　いいえ、そんな事も明日東京へ帰る事も、彼には関係がない、興味もないに違いない。

みずきは、さっきとは違うスケッチブックを持って来て、璃世の肖像画を描いてくれると言う。

「じゃあ、ポーズを取って」

「え、どんな風に？」

ブルーのワンピースを着た璃世が、足を組んだり腕をあちこちに動かしてポーズを取ろうとすると、みずきは思わず笑った。

「そんなに考えなくても、普通に手を膝に乗せるだけでも良いですよ」

「じゃあ、こんな感じ？」

　璃世は組んだ脚の上に、左手のリングを隠すように右手を重ね、はす向かいにみずきを見た。彼は笑顔で頷くとデッサンを始めた。だんだんと真顔になり、モデルを見つめるみずきの目は、本物の絵描きのような真剣さを帯びていった。璃世は彼を見つめて良いのか、視線をずらすべきなのか分からなかったが、みずきは黙って集中している。

　璃世はこんなモデルのような事をするのも初めてだし、面と向かって見つめられる事に、段々と息苦しさを感じ始めた。何か言ってほしいが、みずきは別の女性でも思い描いているのか、璃世が被写体である事すら忘れているような目をしている。

　璃世は思わず足を崩して大きく呼吸をした。彼女の心と体の奥深くにあるものを、彼に見られているような羞恥心が湧き起こり、逃げ出したくなった。璃世が耐え切れずに両手で顔を覆うと、みずきは我に返ったように手を止めた。

　璃世は速まる呼吸を鎮めるため、椅子にかけたバッグから安定剤を取り出そうとしたが、すぐにみずきが横に来て背中をさすってくれた。璃世は夫にもそんな事はされた事がなかったので驚いたが、男性に触られている緊張感も拒否感も起こらなかった。不思議と落ち着きを取り戻し、呼吸が穏やかになった。

ている。

「大丈夫？」

みずきはさして慌てた様子もなく、いつも誰かにしているように語りかけ、優しくさすり続けている。

「有難う、もう大丈夫よ」

璃世はみずきの手をそっと体から離した。

「ごめんなさい。驚いたでしょう？」

こんな無防備な姿を見られて、璃世は恥ずかしさと不甲斐なさで情けない気持ちになった。

「良かったら、家の中で休んで下さい」

みずきの落ち着いた声に、璃世は素直な気持ちで従った。引き戸の玄関に入り、すぐの部屋には、ソファーと大きな木目のテーブルと、背もたれのあるアンティークな洋風の椅子が二つ。棚とテーブルの上にランプが置いてあり、『木馬』の雰囲気によく似ていた。ソファの隣には、懐かしいレコードプレーヤーがあり、ドーナツ盤のジャズやブルースのレコードが置いてある。みずきは、中から一枚のレコード盤を選んで針を乗せた。

『木馬』でよく聞くジャズに似ている。璃世は気持ちが楽になり、不安も恥ずかしさも感じなくなった。みずきはホットミルクを作ってくれた。一緒にソファーに座り、黙ってジャズを聞いた。

璃世は無意識に、みずきの手の甲の傷に、彼女の手を添えていた。

「私の事、聞かないの？」

　みずきは、璃世が彼の腕の傷痕を手で辿っていくのを、黙って目で追っている。

「他人の心の病なんて、知りたくないわよね。私もあなたのこの傷の理由を、知りたいわけじゃない。でも、あなたが苦しんでいる誰かを、労わっているんじゃないかって事は、何となく……分かるわ」

　璃世はいつしかみずきの肩にもたれ、目をつぶって安らかな気持ちに浸った。形は違っても、傷を持つ共通点が二人にある事が、彼との距離を縮めた気がした。璃世がみずきを見上げると彼も彼女を見つめていた。璃世はみずきを包み込むように腕を回し、彼の唇に口づけをした。みずきは彼女の背中を静かに抱いた。温かい感情だけが込み上げてきた。

「私ね、明日東京に帰るのよ。何日かしたら、また戻って来るの。そして、九月の半ばに今の家を引き払って、家族のいる東京にずっと……。そしたら、信州にはもう、来る事はないと思う」

　みずきは感傷的な様子は見せなかった。彼は何も言わず、彼女の髪を撫でながら、薬指のリングを見つめていた。璃世は年上の恋人に慰められる世間知らずの少女のように、彼から強く抱き締められ、口づけされるのを待っていた。

　やがて、夕暮れに移り変わる山と空の色を見て、みずきは璃世を車に促した。

　彼は、いつもの優し気な笑顔で言った。

「璃世さんが良ければ、東京に帰る前に、朝からハイキングしませんか？　神秘的で綺麗な湖を見せてあげたい」

二人は最初で最後のデートの約束を交わした。璃世は少しの希望と少しの失望を感じ、彼の家を後にした。

愚かなる逃避行

翌日、璃世は慌ただしく帰京の準備をしていた。みずきには精神科に安定剤を貰いに行くとは告げず、しばらくしたらまた戻って来るとだけ言った。聡はまだ合宿中のため、璃世はすぐにでもみずきに会いに戻って来たいと思った。みずきがいるこの土地に、少しでも長くいたかった。

家を出る間際、電話が鳴った。早千江からであった。

「璃世ちゃん、こっちに来てたんだね」

「早千江さん！　時ちゃんから聞いたわ。どうしてるの？　今どこにいるの？」

「うん、璃世ちゃんに話したい事があって……。ね、今度いつ東京に帰る？」

「今から帰るところよ。何日かしたら、また掃除しに戻るけど」

「そう、丁度良かった！　実はあたし今、八王子にいるんだ。ねえ、駅で会えない？　あたし、すごく困ってるんだよね。悪いんだけど、お金を貸してくれない？　十万円、いえ、五万でもいいです」

「どういう事？　あの大学生といるの？　何があったか説明してくれないと、急にお金を貸すなんて出来るわけないでしょ？」

「分かってるって。八王子駅の改札で待ってるから、そこでちゃんと説明する。あ、時ちゃんには黙っててね。何時のあずさに乗るの？」

璃世は早千江が無事でいる事にホッとした。突然金を貸してくれとはぶしつけな話だが、璃世がお金に苦労していない事と、地域も離れており今秋にはこの地を去る事で、近所に知られずに済む事を利用しているのがよく分かった。しかし、断れば彼女がどうなってしまうか分からないし、自分が冷たい人間として良心を咎められるような脅迫観念に駆られ、一回だけの条件で、八王子の駅で落ち合う約束をしてしまった。出来るだけ厄介な事には巻き込まれたくない。子供を捨てて駆け落ちするなんて、真っ先に反対するのが友情である。

車中で璃世は、早千江が大学生にそそのかされ、金をせびられて困っているのだと思い、大学生と別れて一刻も早く自宅に帰る事を説得しようと考えた。


璃世は、新宿まであずさで直行するところを、わざわざ八王子で下車する事になった。八王子の改札で、早千江は必死に璃世の姿を探してキョロキョロしている。璃世を見つけると、屈託のない笑顔で手招きをし、改札の柵越しに、まるで金を受け取ろうとするかのように身を乗り出してきた。璃世が改札を出ると、早千江はすまなさそうに両手を合わせた。

「ちょっと、話をしましょう」

駅前の空いている喫茶店を選び、二人は席に座った。

「璃世ちゃん、ごめんねぇ、途中で降ろさせちゃって。改札出なくても良かったのに」

「そんな事はいいのよ。それより、今回の事、ちゃんと説明して」

早千江は璃世の少し厳しい物言いに、しゅんと下を向いて話し始めた。

駆け落ちした相手の男性は、関西出身の大学二年生で、八王子のキャンパスで学んでいる。彼は家庭が貧しく、大学の費用を自分で稼いでいる苦学生だという。大学が長期休みの間、駅前の旅館にアルバイトに来ており、そこで早千江と知り合い、男女の仲になった。早千江は彼に同情し、生活を支えたい一心で駆け落ちをしたとの事。しかし、彼女が同情だけで幼い子供を置いて一時の恋に突っ走る事が出来たのか？　璃世は自分が納得するまで聞いてみたかった。その上で、彼女に金を渡そうか決めたいと思った。

早千江の話は、家が嫌になった。子供は可愛いが、自分を理解してくれない両親と夫との生活が耐えられない。体が弱くなった祖父母の世話までさせられ、家庭に縛り付けられている。二十歳も年下の彼だけが自分の理解者であり、一人の女性として扱ってくれる。生まれて初めて男性を愛する事が出来た。今は彼と一緒にいたい、ただそれだけだと。

まるで、「四十女の純愛物語」という昼メロでも見せられているようなシーンだ。璃世はそんなドラマをテレビで観ている、退屈な専業主婦の立場であろうか。自分がそうなったら一体どうするだろう。夫には当てつけとしても、聡と高齢の母はどう思うだろう。息子のような若い男と、これからもずっと愛し合っていけるのか？　その学生の言う事は真実なのか？　けしかけたのはどっちなのか？　どう考えても、璃世自身になぞらえる事は出来なかった。

璃世はふと我に返り、早千江に愚かな逃避行を思い留まらせるために会った事を思い出した。

「早千江さん、あなたの気持ちはよく分かったわ。今は仕方がないかもしれないけど、いつか状況が変わって、やっぱり家に帰ろうと思うんじゃないかしら。両親や旦那さんと上手くいかないのはしょうがないけど、子供達の事だけはよく考えて。まだ小さいんだから、子供にはあなたが必要でしょ？」

「あなたあなたって、東京の人の喋り方ってなんか冷たそうに聞こえるんだよね。そんな事分かってるよ。だけど、男と女って、幾つ年が離れてたって、好きになっちゃったらどうしようもないじゃん！……、そんなの説明出来ないよ」

早千江に遮られ、璃世はもう何も言う事が出来なかった。それでも早千江は、今金を借りなければならない事を思い出し、気を取り直して言った。

「何の関係もない璃世ちゃんに、ごめんね。本当はあたし、どうしてこうなっちゃったのか、自分でもよく分からないんだ。でも、彼のあたしを思う気持ちが、すごく誠実で真っすぐでね……。こんな事言うとほんと恥ずかしいんだけど、彼に抱かれて、初めて女としての喜びや幸せを感じたの。

とにかく、彼が無事大学を卒業して、大手に就職出来るよう助けたい。彼の夢を叶えてあげたい。人のためにこんな気持ちになるのって、生まれて初めてなんだよ……」

早千江の正直さに、璃世の女としての喜びなど、遠い昔の幻想であったように思えた。璃世が

言葉をなくし黙っていると、

「あたし、家庭を捨てて、全てを失っても悔いはない。彼が一緒に死のうと言ったら、心中でもなんでもする覚悟があるよ」

早千江は呟くように言った。璃世は思わず、

「やめて、そんな怖い事言わないで！」

声を殺して叫んだ。そして、バッグから封筒を取り出し早千江に渡すと、彼女はそれを握り締め、安心した顔をして何度も頭を下げた。

「本当に有難う。何年かかっても必ず返します！」

「返さなくてもいいから、絶対に死ぬなんて思わないで」

璃世はそう言うのが精一杯だった。早千江は改札で、璃世の姿が見えなくなるまで、何度も手を合わせたり振ったりして見送った。先程の深刻そうな表情は、いつものあっけらかんとした早千江の顔に戻っていた。

璃世は車中で、早千江にまんまと金のために利用されたのではないかと、次第に腹立たしくなった。家族を犠牲にする事も厭《いと》わず、女として抱かれる喜びだの、心中しても構わないだの、禁断の愛に突き進む人妻のメロドラマのような告白に、璃世は打ちのめされてしまった。自分の不満だらけの生活を棚に上げて、ただでさえ「死にたがりや」のくせに、他人に「死ぬな」なんて

……。早千江に偉そうに説教をした事が、滑稽で恥ずかしくて堪らなくなった。

ああ、みずきは昨日の口づけを、どう思っているのだろう?

(私は早千江とは違う。悪い事など何もしていない)と、璃世は必死になって心に言い聞かせた。

＊

璃世は東京に戻ると、クリニックに直行した。医者は、以前より璃世の顔色や話し方などに覇気がみられ、地方で過ごす事が生活のメリハリになっているのだろう、と言った。璃世は、来週から長期旅行に行くと嘘をついて、三週間分の薬の処方をしてもらった。

世田谷の自宅に戻ると、玄関に璃世の母親の靴と聡のスニーカーがあった。聡はまだ合宿中の筈だが。玄関の音を聞いて、璃世の母が出迎えた。何か落ち着かない顔をしている。

「帰る前に電話をしてくれれば良かったのに」

「なんで?　いつもこうでしょ。家の事、色々ありがと」

璃世はそっけない口調で母に言った。夫も仕事に出ており、家の中はシンとしている。璃世は階段の上に向かって、

「聡、帰ってるの?」

と声をかけた。璃世は買ってきたケーキとジュースをテーブルに置いた。聡の声が聞こえないので、もう一度声をかけた。

「ケーキ食べない？　それにママね、ちょっと話があるの」

以前、電話があった少女の事を聞きたかったからである。沈黙が続いた後、部屋から出て来る物音がした。

「お帰り……」

と小さく言って、聡がダイニングのテーブルに腰かけた。キッチンで残りのケーキを冷蔵庫に仕舞っていた璃世が聡の隣に行こうとすると、母が急いで彼女をキッチンの中に引き戻し、何か言おうとした。璃世は母からのいつもの小言が鬱陶《うっとう》しく、母の行為を遮った。右利きの聡は左手にフォークを持ち、ぎこちない仕草でケーキを食べようとしている。

「テニスの合宿、もう終わったの？」

聡の右腕は肘から手首まで包帯で覆われ、板で固定してあり、首から三角巾で吊るしてあった。

璃世は驚き、声を上げた。

「どうしたの？　その手」

「ちょっと、転んじゃって……」

「合宿中に？　どこで？」

聡は黙ってしまった。二年生のテニス部にとって、この秋には重要な試合が幾つもある。転校して出場枠に入れるよう、毎日遅くまで必死になって練習していたのに。

「骨折したの？　他に怪我は？」

「たいした事ないって……」

聡は俯いたまま璃世の顔を見ようとしない。璃世は母に向かって、

「どうして電話してくれなかったの？　こんな大変な事になってるのに。母親の私に連絡してくれないなんて、酷いじゃないの！」

母は何か言おうとしたが、聡の前で璃世がこれ以上取り乱すのを恐れて言い淀んだ。璃世が母を責め続けるのを聞いて、聡が口を挟んだ。

「言ったら、おかしくなっちゃうでしょ」

璃世は動揺し、思わず聡の肩に手を置き、彼の頭に自分の顔を押し当てた。その瞬間、聡は左手で璃世の手を強く払いのけた。璃世はショックを受けたが、何とか冷静を保とうと髪をかき上げながら、はす向かいの椅子に座った。

「ごめんなさい。こんな大変な時に、母親なのに傍にいてあげられなくて。みんなママが悪いの。ママがこんなだから、あなたを守ってあげられなかった。本当に駄目な母親ね」

璃世は途切れ途切れに言いながら、テーブルに肘を突き頭を抱えた。聡は黙っている。しばらくして、璃世は苦し気に話し始めた。

「ママね、聡に話しておかなければならない事が沢山あって。あなたに許してもらわなければならない事も……。あなたも覚えていると思うけど、まだ小さい頃、ママはもっと心が荒れていて、色々な事が重なって……」

その時、玄関のドアが開き、夫が帰宅した。夫は、聡が合宿中に山道を走っている時転倒し、右腕を複雑骨折した事を説明した。それは一週間前の事であり、それから自宅にいる。璃世に心配をかけないよう、璃世の母が世話を焼いていてくれたとの事。傷口からの出血もあったが、治りかけており、新学期には骨も元に戻るだろうと説明した。璃世は聡の治療にも立ち会えず、何も知らせてくれなかった夫や母を非難し、泣き出した。夫と母は、ただ黙って璃世の気持ちが治まるのを待ち続けた。

その時、璃世の言葉を遮るように、何かを激しく叩く音が響いた。聡が包帯を巻いた右腕を、壁に何度も強く打ち付けていた。顔を歪ませて母親を睨む少年の目には、涙が溢れそうに溜まっている。白い包帯には赤く血が滲み出していた。璃世は言葉を失った。少年の唇は固く結ばれ、母親への無言の抗議を表していた。

その夜、璃世の寝室にしている納戸だった部屋のベッドに、彼女はぐったりと横たわっていた。璃世の母親が帰った後、夫が入って来た。夫は妻の精神状態を気にかけながら、家族三人の生活について、これからも何とかやっていこうと語りかけた。璃世はいつもの口癖のように離婚を口走ったが、それだけは避けたいとの、夫の意見は変わらなかった。一人では生きていけない事を分かっているくせに強がる妻に、

「せめて聡が大学に進学して二十歳になってから、改めて離婚について話し合ったらどうか？」

と、提案した。

「私ね、今度の一人の時間の中で、気付いた事が沢山あるのよ。夫や子供を支える事も出来ない、何の能力もない人間だって事。私がいなければ、あなたも聡も幸せになれるって……」

「僕はそんな事、考えてないよ。聡の母親は君だけだし、君はあの時の事にこだわっているけど、聡は覚えていないと思う。三歳になったばかりだったんだから」

「そんな筈はないわ！　あんな怖い思いをして、あの時の恐怖心は、あの子の心の中に今もあって、大人になった時に、あの子の社会生活に悪影響を及ぼすかもしれない。そして、小さい時の母親から酷い扱いをされた事を思い出して、私を一生許さないと言うかもしれないじゃない！あなただって、こんな妻がいる事で出世出来なかったら、きっと私を恨むと思うわ。だから、別れるんだったら早い方が……」

　夫は絞り出すような声で言った。

「僕だって我慢してきたんだよ！　単身赴任中に、ささいな事で君に浮気を疑われて、どんなに説明しても信用してくれなかった。だから、今度の赴任で会社に無理を言って、家族で一軒家を借りたんじゃないか。今、離婚なんかしたら、僕はそれだけで昇進がストップしてしまう。部長と副部長じゃ全然違うんだ。今が一番大事な時なんだよ。今は、別れるわけにはいかないんだ……」

　夫もまた苦しんでいる。別れても別れなくても、家族皆が璃世の病に振り回されて、右往左往しているのだった。

愛の慰め

翌日の早朝、璃世は短い置き手紙を残し、あずさに乗った。聡の怪我や気持ちを悪化させないために、九月の契約満了日まで借家に住み、今後の事を考えたいとの内容であった。

今では、故郷に戻ったような懐かしさを感じる信州に、璃世は帰って来た。山の澄んだ空気をどんなに吸い込んでみても、自ら骨折した腕を痛めつけた聡の姿と、夫との激しい口論がフラッシュバックし、璃世の心を苦しめるばかりだった。早千江は家族を捨てたまま、これからも彼と二人ぽっちで生きて行くのだろうか？　彼女は今、幸せを感じているのだろうか？

みずきが描いた璃世の肖像画が窓辺に立て掛けてある。なんて寂し気で投げやりな顔？　あの時は微笑んでいた筈なのに……。これがいつもの私？　これが私の生き方だったの？　自分の殻に閉じこもり、一人だけの世界でいたずらに苦しみを弄《もてあそ》んでいる、愚かな女の顔であった。みずきに心の底まで見透かされているようだ。行きずりの青年に救いを求めようとした大人気なさに、やり切れない気持ちになった。こんな年上の不幸そうな女との逃避行なんて、彼は望む筈がない。璃世は思わずそれを破こうとしたが、それでも、いつか過去として振り返った時のために、裏返して荷造りの段ボールの中に押し込んだ。

みずき、こんな寂しい夜を、一人きりで何を思って過ごしているの？　もしも、あなたにも人に言えない過去があって、私を奪ってどこか遠くへ逃げようと言ってくれたら、喜んで付いて行きたい。もし、あなたが死を望んでいるのなら、二人で命を絶つ事も、幸せな最期と思えるでしょう……。

誰にも会う事なく、投げやりな日々は過ぎていった。璃世の妄想は日に日に増していき、彼女の胸の奥にある熱く激しい感情が燃え上がるのを、もう止める事が出来なくなっていた。

月曜日、璃世はひたすら車を走らせていた。いつの間にか太陽は隠れ、灰色の雲が空を伝いながら追いかけて来る。気が付くと、みずきの家の前に来ていた。庭の片隅のいつもの場所に、黒いセダンが停まっている。家の中は薄暗く、庭に小さなテーブルと椅子が寂し気に佇んでいるだけ。璃世は庭に車を入れた。

みずきは何故、たった一人でこの山深い古民家に住んで、喫茶店の仕事で生計を立てているのだろうか？　何故家族と別れて、ここに一人いるのか？……。

「みずき、みずきさん、いるの？」

璃世はみずきの名を呼んでみた。返事はない。玄関の引き戸に手を添えると鍵がかかっていない。引き戸を開け、もう一度彼の名を呼んでみた。電気のついていない部屋は沈黙のまま。もしかして彼が眠っているのではと、璃世は上がり口に這いつくばり、部屋の襖を開けてみた。誰もいない。薄暗がりの室内には『木馬』と同じモカの香りが微かに染みついていた。

部屋の中に入り隣の襖を開けると、そこには、スケッチブックや額に入った絵が、無造作に立て掛けてあった。幾つかに、真っ白い花を着けたハナミズキが、淡い水彩画で描かれている。それ以外は、どれも白いドレスを着た女性のデッサン画であった。彼女はアンティークの椅子に片足を乗せ、足の指にペディキュアを施している。俯いたその表情は、無造作に編んだ長い髪に隠れてよく分からない。そして、椅子に両足を乗せ、膝を抱えて顔を埋《うず》めている女性。どれもこれも、その絵から彼女の年齢や表情を垣間見る事は出来ない。ただ、耐えられない程の寂しさと苦悩が、その鉛筆画の色のない世界から訴えかけてくるのだった。同時に璃世の中に、その絵の女性に対する、狂おしい程の嫉妬が込み上げてきた。

璃世は胸苦しくなり、外に出て家の裏手に回ってみた。そこには……。

幾つかの籠に大量の酒瓶が分別してあった。中には割れて粉々になった物もある。これは彼の物なのか？　璃世はみずきの秘密を知りたいのに、知ってはいけない恐ろしさを直感した。

山の気候は気まぐれで、瞬く間に分厚い雨雲が民家の上空を覆い始めた。遠くから稲妻の音が響いてくる。急激な気圧の変化が璃世の胸を圧迫し、生きていられない程の不快感が込み上げて来た。庭に戻って椅子に倒れ込むと、テーブルに臥せって必死で呼吸を整えようとした。ハナミズキの葉が一枚、薬指のリングの上に舞い落ちた。璃世は葉を払い除け、リングを外そうとした。長年指に食い込んだそれは、簡単には外れなかった。璃世は力一杯引っ張り続け、やっとの事で抜き取ると、土の上にそれを強く投げ捨てた。その時、道路から庭に入って来る足音が近づいて来た。

みずきは、顔を伏せて震えている璃世の肩に手を置き、この間のように「大丈夫？」と優しく問いかけた。璃世は顔を覆ったまま、

「ごめんなさい勝手に……、どうしてもあなたに、逢いたくなって」

と伝えた。彼は何と言って良いか分からず、立ち尽くしている様子だった。璃世は立ち上がり、みずきの顔を見ないようにして言った。

「帰らなきゃ……」

璃世がみずきの横をすり抜けようとした時、ヒールが小石に引っかかり、前のめりに倒れそうになった。その瞬間、みずきは璃世の腕を掴んで支えると、彼女を強く抱き締め、口づけをした。そのまま二人は抱き締め合った。間もなく小さな雨粒が落ちてきて、みずきは璃世が濡れないように庇いながら、耳元で囁いた。

「モカを、淹れるから……」

璃世は彼の胸で頷いた。雨と共に、夜のとばりが古民家を包み始めた。

みずきが棚の上に置かれたランプに火を灯すと、『木馬』とよく似た琥珀色の部屋が現れた。木目が入り組んだ厚い木のテーブルとガラスの灰皿、そこにもランプが置かれていて、彼はそれ

にも火を灯した。橙色に揺れる灯りが、いくらか璃世の気持ちを楽にした。

みずきは璃世にタオルを渡しソファーに座らせると、古いレコード盤に針を落とした。静かなナイトジャズが流れてきた。璃世に微笑みかけるみずきの瞳は、ランプの灯りを受けて、優しさの奥に深い愁いを映し出している。

「夕食に何か作りますから、ゆっくり待っていて下さい」

みずきが璃世が泣いている理由を聞かずに、昔からの友人のように接してくれる事と、彼の大人びてどこか達観した寛容さが、彼女の気持ちを落ち着かせ、安心感を与えてくれるのだった。

みずきは『木馬』でするように、手早く料理をして夕食を振る舞ってくれた。その後二人はソファに並んで座り、煙草をくゆらし、モカを飲みながら語り合った。みずきは、観光雑誌ではあまり知られていない場所や、北八ヶ岳の湿原の美しさを話して聞かせてくれた。

「ねえ、将来は、ここで喫茶店を始めるの？」

「それもいいですね」

「あなたがマスターだったら、きっと大勢のお客が押し寄せて来るでしょうね」

「まさか、僕は気が利かないから……」

璃世は久し振りに笑った。

部屋の隅にガラス棚があり、中にはグラスとロゼの瓶が一本入っていた。

「ワイン、飲むの？」

「飾ってあるだけ。僕は飲まないから」

「私もお酒に弱くて殆ど飲めないの。家にもあるけど料理に少し使うだけ。ねえ、あのロゼを、この一見のお客にも飲ませて頂戴な」

「車の運転があるから……」

「ランプに翳したワインの色を見てみたいだけ。一滴でも私は酔えるの」

「じゃあ、ほんとに一滴だけ」

みずきは少し困った顔で、小さなグラスを二つ出し、ほんの少しのロゼを注いだ。璃世はグラスをランプの灯りに翳し、揺らしてみた。

「なんて綺麗なの？　琥珀色に透き通って輝いてる。じゃあ、一滴だけ味見するわ」

璃世はそう言ってみずきと乾杯をした。そして、悪戯っぽく一滴のロゼを唇に垂らした。みずきは璃世の仕草を黙って眺めている。璃世は、たった一滴のワインが彼女の喉元を通り、胸の辺りで熱く広がって行くのを感じた。

「私ね、実は一家の厄介者なのよ。家事も子育てもろくに出来ない。子供からも愛想を尽かされて、夫にとってはただの体裁。息子が二十歳になったら、離婚するかもしれない。って言うより、させられるんじゃないかな？」

「璃世さんが一人で生きてくなんて、何か似合わないな。僕は……」

みずきはそう言いかけて言葉を止めた。

「僕は……何？　ねえ、あなたも話してよ」

「父親は、僕が生まれる前に母と別れたきり、一度も会っていない。ここは母と二人で住んでいた母の実家です。母の両親も、もう亡くなって兄弟もいないし、この家を継ぐ者は他に誰もいないんです。だから、僕はずっと母と二人きりで……。僕が県外の大学に行った後、母は一人でこの家にいたけど、今は事情があって遠くにいるんです」

「そう……、無理に聞いてごめんなさいね。あなたは小さい時から苦労して。私なんか……」

璃世はみずきの陰りの訳が少し理解出来た。

「ねえ、私達の出会いが良き思い出となるよう、もう一度乾杯しよ」

みずきは笑顔で頷いた。二つのグラスが小さな音を立てて重なり合い、ランプに透けたワインの赤が、グラスの底で小刻みに波打つのを、口も付けずに二人はただ眺めていた。

「みずきって、素敵な名前ね。免許証を拾ってくれた日、マスターが呼んだのを聞いて、最初はあなたが女性だと思っていたの。でもとても似合ってる。お母様がつけてくれたの？」

「ええ、母は花が好きで、特に白いハナミズキが。初夏に真っ白い花が咲くんですよ」

「あなたを思って植えたんでしょうね。きっとあなたと似た、優しくて素敵な人だと思うわ」

「母は、一人っ子の僕をとても可愛がってくれました」

「それだけでも、あなたは幸せね。それが当たり前なのよね……。

私はね、病気を持っているの。病気と言っても世間では気持ちの問題、わがままとしか言われないけど、鬱と不安感に苛《さいな》まれる、いわゆる精神不安定ってやつ。安定剤をもらって、主婦として家に閉じこもって。世間には知られず、家族だけを困らせている、問題妻って感じかな？　夫や、たった一人の我が子にも愛する実感が湧かない。息子に嫌われて、そのくせ夫の収入に頼って働きに出る勇気もない。こんな生活にピリオドを打たなきゃいけないのに」

　みずきはグラスを置いたまま、じっと璃世の話を聞いている。

「こんな事、友人にも話してないのよ。見栄を張って皆と同じ生活をしている振りをしてるだけ。あなたが私の子供だったら母親を憎んで、さっさと家を出て決別するでしょうね」

「……心から憎む事って、難しいと思いますよ。たとえ母親がどんな人でも」

「そうかしらね。あなたのお母様は旦那様と別れて、一人であなたを育てて、辛くて大変な生活だったと思うわ。それに比べたら、私の体調や悩みなんて、ちっぽけなものよね」

　二十三歳というみずきが、実年齢よりもずっと大人びている事が、彼が生まれながらに母親と二人きりで背負ってきた重さであると感じられた。そして、彼とは比べる事が出来ない、自分自身の耐えられない程の軽さに、璃世は残りのワインを一息に飲み干した。みずきは驚き、

「帰れなくなりますよ」

　と言って、璃世のグラスをテーブルに戻した。

「これくらい、大丈夫」

「駄目ですよ。僕が送って行くから」

「ねえ、あなたも……、みずきも飲んでよ。今日だけ、お互いに誰にも言えなかった話をもっとしましょうよ。朝まで、あなたと私だけの秘密を分かち合いましょう」

璃世は少しのワインの力を借り、もっと正直に過去を打ち明けたかった。みずきは酔い始めた彼女の肩を抱き寄せた。璃世はみずきの肩に頭を持たせかけ、話し始めた。

「私ね、息子を死なそうとした事があったのよ。自分の気持ちをコントロール出来なくて、育児ノイローゼになって。それなのに、自分の母や夫の母にも助けを求めずに。友達もいなくて、誰にも相談出来ずに家にこもっていたの。そんな時、夫の単身赴任が重なって、夫が赴任先の女性と……。女の勘って鋭いって言うでしょ。でも夫は、私のノイローゼによる妄想だって聞かなかった。夫が私と子供を見放しているとしか思えなくて……。手首を切って、死ぬ真似をした挙げ句に、アパートのベランダからまだ三歳の息子を……。子供の叫び声で隣の住人が気付いて、母子心中は失敗したってわけ」

璃世は聡を抱きながら、ベランダから飛び降りようとした自分の姿を鮮明に思い出した。未遂に留まった時の混乱と、聡がずっと母を恐れ恨んでいるとの想像が湧き起こり、心が乱れた。璃世はいつしか左手の腕時計を右手で強く掴んでいた。皮膚が裂ける程、強く手首に擦りつけ、それでも気持ちは昂り続けた。今度は煙草に火を点け大きく吸い込んだ。その瞬間、吐き気がして激しくむせ、口を覆って小さく呻き声を上げた。みずきは璃世の手から煙草を取り、背中をさすった。そして彼女の時計を外しテーブルに置くと、擦れて赤くなった手首の傷と薬指のリングの跡を撫でて、そこに頬ずりをした。

次第に璃世の呼吸は静まり、みずきの胸に顔を伏せて目を閉じた。

「私にしてくれたように、あなたはいつも誰かの背中を、優しくさすっているんでしょうね、あなたが一番愛する人のために……。ねえ、教えて。みずきは、どうやって辛い事を乗り越えて来たの？」

「どうにもならない時には……あきらめる、それしかないかなって。そのうち、あきらめる事にも慣れるんじゃないかって」

みずきはそう言うと自虐的に笑った。まだこんなに若いというのに、彼は一体何をあきらめてしまったのだろう？

璃世は彼の腕に残る幾つかの傷や痣を辿り、Tシャツの中に手を入れた。背中や胸にも同じような膨らみが指に触れた。こんな大人しそうな青年が、傷が残る程の喧嘩などするとは思えない。

「子供の頃に、何かあったの？」

みずきは答えない。誰かから受けた、もしくは彼自身による傷が痣のように残り、彼の悲し気な眼差しを作り上げたのだとしたら……。

「死にたいと思った事、ある？」

彼は頷いた。

「そう……。私の場合は、ただの死にたがりや。でも、一緒に死んでも構わない程、愛する人がいれば……」

「璃世さんは、死にたがりやでも、誰かのために生きていけるような気がする」

「そんな風に？　私は弱虫で卑怯者なのよ。いつも家族や人のせいにして」

「僕も弱虫だから、道連れにしてくれる人がいれば、付いて行くかも……」

璃世は一瞬みずきを見上げた。だが何も言わず愛おしく彼を抱き締めた。彼が今も苦しみの中に包まれている事を気の毒に思い、死への道連れよりも、今はただ慰めてあげたいと思った。家の裏にある割れた酒瓶も、ペディキュアを塗る女性も、答えは彼の傷の中に……。璃世はみずきの手の傷にそっと口づけた。みずきも璃世の手首の傷に口づけた。二人は優しさを伝え合うように、抱き合いながら口づけを交わし合った。

璃世は彼をソファーに寝かせ、服を脱がせた。彼の体の一つ一つの古い傷と新しい傷を数えながら、唇で優しく愛撫していった。みずきは幼い子供のように、体を丸めて璃世の裸の胸に顔を埋めた。その時、母性が彼女の中に温かく蘇ってくるのを感じた。

静かなジャズの響き、太い木を渡した高い天井の暗さは、まるで深い山中を彷徨《さまよ》い、辿り着いた小さな山小屋。やがて二人は、年齢のないただの男と女になって、心と体の傷を癒すために慰め合い、求め合って、深い眠りに落ちていった……。

ワインを取り出した書棚のガラス戸の中には、ボトルの後ろに隠れるように、小さな額が立て掛けられていた。隣の部屋にあったのと同じ、ペディキュアを塗る女性の俯く姿。その絵とモカの香りが、琥珀色のランプの灯りに、夜明けまで揺れていた……。

許されぬ愛など　この世にないから
樹林の奥深く　交じり合いましょう
霧に濡らした　冷たいその身体《からだ》
クロユリの花で飾りたい
愛の渇きが癒されるまで
死ぬことすらできないと
肌の傷痕　数えて……
置き煙草の紫煙　低く漂う
琥珀の部屋

翌朝、眩い光が古民家の庭に降り注いでいた。みずきが庭に出ると、朝露に濡れた雑草の中に、何かが光っていた。彼がそれを拾い土を払うと、そのリングは、今はどうであれ、璃世がついこの間まで人妻であった事を言い聞かせるかのように、朝陽を受けて輝いていた。
家から璃世が出て来て、別れを惜しみながら車に向かおうとすると、みずきはもう一度、彼女を抱き寄せて言った。

「夕べの事、全部僕が悪いんだ。だから……」

彼は璃世の手を取って、ある物を掌に乗せた。それは昨日璃世が庭に投げ捨てた、彼女の結婚指輪だった。

みずきは彼女にそれを握らせ、彼の両手で包み込んだ。璃世はしばらく俯いていたが、彼に背を向け、指輪をバッグの中に放り込んだ。それから振り向くと、明るい顔で言った。

「夕べ、久し振りに薬がなくても眠る事が出来たの。みずきと出逢って、私の中にもまだ、母性と人を愛する気持ちが残っていた事に気付いたから。それは悪い事じゃないでしょう？」

璃世は車に乗り、窓越しに言った。

「ねえ、最後の日までに、ハイキングに連れて行ってくれる約束、覚えてる？」

みずきは頷き、笑顔を見せた。

＊

最後の日とは、二人の別れの日だった。指輪を返してくれた事で、みずきが璃世に別れを告げようとしている事を悟り、もう彼の元に逃げ込む事は出来なくなってしまった。璃世は何もない部屋で一晩中、彼との許されぬ愛の余韻に浸っていた。別れを目前にして、みずきへの愛が、未練がましく璃世の心を苛んでいった。みずきの優しさに付け込んで、無理やり彼の元に押しかけるのか？　それとも、まるで聡の身代わりのように、今度はみずきを心中の道づれに誘惑しようとするのか？

一度燃え上がった愛の炎を、いきなり断ち切るなんて出来る筈もなかった。一人では死ねない、弱虫で卑怯な中年女……。大人のけじめとして、三十八歳の彼女が決めれば良い事である。二十三歳の青年に委ねてはいけない……。


今日は金曜日。みずきが誰かに会いに行く日である。璃世はマスター夫婦に悟られないよう、何事もなかったかのように、窓辺の席で読書をした。マスターが妻とカウンターで小声で話をしていた。璃世は思わず聞き耳を立てた。

「今度のバイトの子、辞めちゃうから、シフト変えてもらおうかな？」

「でも、あの子金曜日は必ずあっちに行く日だから、それだけは絶対無理よ。月曜日は大丈夫みたいだけど」

「そうだな、金曜以外でシフト組み直してみるか」

あの子とは、みずきの事に違いない。璃世はみずきが、遠くに住むという彼の母親に会いに行っているのだと、何となく察していた。もし月曜日、みずきが仕事でいなくても、彼に聞いたハイキングコースを、一人で歩いてみるのもいいかもしれない。


時子から、璃世との別れの前に最後にお茶をしたいと電話があった。二人はいつものレストランで落ち合った。時子は律儀にも、この地方の特産の土産物を、紙袋に一杯詰め込んで渡してくれた。純朴で一生懸命に生きている、唯一の地元の友人を、璃世は涙が出る程有難く思った。そして、早千江が八王子で大学生といる事を、時子に伝えなければならないと思っていた。璃世が言い出しかねていると、時子が口を開いた。

早千江が大学生と八王子に住んでいる事は、あっという間に地域で噂になったのだと言う。

「実はね、あの子さ、いなくなってしばらくして、あたしに電話でお金貸してって言ってきたんだよ。もちろん断ったけどね。そしたら逆切れして、中学の時、色々相談に乗ってやったのにって。他の同級生にも借りようとして連絡してたらしいよ。ずうずうしいって言うか、あれならどこ行っても生きていけるんじゃない？　どうせそのうち帰って来るかもなんて、皆で噂してるよ」

璃世は、あれ程衝撃的だった早千江の逃避行が、あまりにも子供っぽく思えて拍子抜けしてしまった。だが、どんな恥を晒してでも生きていく力を持ち合わせた彼女を、むしろ羨ましく思えた。「四十女の純愛物語」は、しばらく続くようだ……。

エメラルドの祈り

　最後の月曜の朝、璃世は約束の時間にみずきの家に行った。みずきは待っていてくれた。九月に入り、少しずつ色褪せながら模様替えを始めた山の連なり。夏の濃い蒼から透き通る青に移り変わって行く空に、筋雲が幾筋も長くたなびいている。真夏の風に揺れていた、青く生い茂る庭のハナミズキも、幾つか葉も落ちて薄赤く秋の装いを身にまとい始めている。

「こんな美しい四季の移り変わりを眺めながら生きられるって、それだけで幸せでしょうね」

「生きていれば、それなりに色々あるからね。空が綺麗な事も忘れてしまう事もあるし……。でも璃世さんと出逢って、改めてこの土地に生まれ育った事が嬉しく思えるようになったんだ」

　みずきの車に同乗し、開通したばかりのメルヘン街道を走る。賑やかな観光地と別荘地を過ぎると、朝の美しく澄んだ空気が、開け放った窓を通り抜けていく。北八ヶ岳の湿原の入り口に着くと、本格的な登山者に交じって、近隣をハイキングする軽装の観光客の姿があった。

　みずきは璃世とよく似たジーンズの腰に、長袖のカーディガンを巻いていた。

「湿原の森の奥は寒いくらいになるよ」

「私、こんな薄いブラウスで来ちゃったわ」

「そしたら、これを二人で着よう」

今、璃世を見るみずきの笑顔が、母親といて安心した子供のように可愛いと、彼女は思った。二人はなだらかな高原を歩き続けた。この先に、苔むした緑の森が広がっている。その奥には小さな湖があり、樹々の小枝の隙間から陽が射すと、湖面がエメラルド色に輝いて、祈れば全ての愛の成就が叶うとの言い伝えがあると言う。

全ての愛の成就。それぞれの家族の愛。そして、彼と彼女の許されない愛がここで終わったとしても、彼を愛したという、一つの願いは叶ったと言えるだろう。璃世はそんな事を考えながら、柔らかい陽射しの中を、みずきと手を繋いで歩いた。早朝の草原に、どこからともなく朝霧が流れ寄ってくる。二人の前を遮るように、あるいは、この世から二人を連れ去るかのように、彼らの姿を包んだと思うと、またどこへともなく流れ去っていくのだった。

軽井沢に抜ける街道から逸れた、人気《ひとけ》のない原生林。観光案内にも載っていない秘密の場所。北八ヶ岳の奥深く、モスグリーンのカーテンの中に、二人は霧に導かれながら入って行った。

落葉樹が生い茂る湿った森は、樹々の枝も、葉も、苔むした石も、全てが濡れている。誰にも知られず、ただ静かに息をして生命を全うしている。落葉を踏む二人の足音と呼吸の音だけが響いている。時折、遠くから鳥の鳴き声と羽ばたく音が聞こえてくる。

「東京の世田谷にも、ここと似た場所があるのよ。『等々力《とどろき》渓谷』と言って、樹々が生い茂って川が流れているの。都会の中の自然のオアシス。そこを歩けば、いつでもあなたの事を思い出して、こうして寄り添っている幻を見られるわ」

「いつか、一緒に歩いてみたい……」

璃世はみずきを見上げ、何も言わず微笑んだ。みずきは次第に気温が下がるのを感じ、璃世の体を抱き寄せた。


そこに現れた小さな湖は、樹々の緑を映しながら、暗く深い哀しみと慈しみを湛えているかのように揺れている。

二人は地面を這う太い幹に座った。ひんやりと湿った空気が二人の体を包んでいる。みずきは腰に巻いたカーディガンを外し、二人の肩に掛けた。この青年の大人びた優しさは、抑え込まれた深い悲しみと孤独とが、そのように彼を育てたのだろう。

璃世は、彼女が彼を癒す立場でいられる事を嬉しく思ったが、それさえも彼の苦しみの、ほんの僅かな慰めにしかならないと分かっていた。璃世は、彼のワイシャツのボタンを外し、彼の胸の傷をもう一度なぞってみた。それらの痛みは、永遠に癒す事など出来る術もない。樹々の梢から零れる陽の光が、彼の美しい肌を輝かせている。頰に映る長いまつ毛の影が、彼の光と影を同時に映し出している。

彼の手や胸は、体を離せばすぐに消えてしまう程冷たく、儚く感じた。彼女は彼の冷えた手をブラウスの中に入れ、彼女の胸で温めた。そして、温もりが通い合うまで、二人は唇を重ね続けた。やがて彼の唇と手に温かみが戻り、足元に咲くクロユリが僅かに揺れていた。すると、暗い湖面は、幾重にも織りなす朝陽を受けながら、エメラルドグリーンに輝き始めた。

「森の神様が、あなたを守ってくれますように……」

璃世はみずきの目を見つめ、青年の未来が愛の光で包まれる事を祈った。

＊

あの時、森の中でみずきの幸せを祈りながらも、二人して息絶える夢が叶わなかった心残りが、璃世の中でまだ微かに揺れ動いていた。たった一夜愛し合って、もう別れが待っている。二人の愛の始まりは、終わりと背中合わせだった……。


東京に戻る前日、璃世は帰る時間を伝えるため、自宅に電話をすると夫が出た。聡は傷も治り、今秋のテニスの試合は諦めて、気持ちを切り替え受験勉強のため、塾を探そうとしているとの事。璃世は少しほっとした。電話口で聡の声が聞こえた。聡は父親から受話器を受け取り、自分から話し出した。

「僕はもう大丈夫だから」

「良かった。ママね、帰ったら今度こそ、聡とちゃんと話をしようと思っているの。あの……」

「あの時はまだ小さすぎて、殆ど覚えていないんだ。そんな事より、気を付けて帰ってきて、待ってるから」

聡は少しぶっきらぼうな口調でそれだけ言うと、自ら電話を切った。少なくとも、息子がこんな母親を受け入れようとしている事を申し訳なく思った。家に帰る理由を、息子が作ってくれたのだった。

夕方、璃世は玄関の外で、暮れゆく秋の空が、薄い青からオレンジや紫へと変化していくグラデーションを、絵画でも観るように眺めていた。すると、門の前に一台の自転車が止まり、少女が降りてこちらを窺っている様子だった。彼女が着ているのは、聡がこちらにいたときの中学の制服だった。少女は璃世に気付くと、躊躇したように下を向いた。

「この間、電話をくれた方?」

璃世が声をかけると、少女は少し顔を上げた。

「あの、私、テニス部でいつも聡君と一緒に。聡君が東京に帰る時、電話をくれるって言ったんです……、でも、私の電話番号は教えたのに、彼は教えてくれなかった。あれから全然連絡がなくて……」

少女が聡に思いを寄せている事がよく分かった。

「私も明日東京に帰って、この家を引き払う事になっているのよ。息子からは聞いてないけど。仲良くしてくれてたのね」

璃世は少女の気持ちをほほえましく思った。

「おばさん、聡君の東京の電話番号、教えて下さい」

少女は言った。璃世は、聡が彼女に電話番号を教えなかったのは、それなりに彼女の気持ちを受け入れる事が出来なかったからだと思った。

「戻ったら、あの子にあなたのお名前を伝えます。息子は、同じクラスや部活の男子とはよく電話していたし、息子から連絡するように言ってみるわ」

少女は、今にも泣きそうに声を震わせた。

「聡君、遠くに行っても、ずっと友達だからって……。あれからもう半年も経つのに……」

「今、新しい学校で授業や部活に慣れるのが大変みたいで、まだ余裕がないと思うのよ」

璃世は少女に詰め寄られても、聡の母親として毅然としていたかった。

「だったら、どうしてずっとここにいたんですか？　母親なのに」

少女の目には涙が浮かんでいた。

「おばさん、近所の噂知ってますか？　山の方の喫茶店に通い詰めて、若い男と車に乗って遊んでるって。東京から来た派手な主婦が何をしてるかなんて、こっちじゃすぐに知れ渡りますよ」

璃世は動揺したが、少女の前で狼狽《うろた》えるわけにはいかなかった。ただ、黙って少女の訴えを受け止めるしかなかった。少女は自分が言ってしまった事に感情が昂《たかぶ》ったのか、涙をこらえながら走り去って行った。

狂おしい真実

高台から見渡す風景は、山々の樹々の種類により、色とりどりに変化しながら、憂いのある横顔を見せている。

今日はここで最後の金曜日であり、この家を引き払い東京に戻る日だった。午前中に、引っ越し業者に残り少ない荷物全てを託し、立ち合ってくれた借家の大家に挨拶をした。夕方には駅前の中古車センターに車を売却し、信州を離れる予定であった。都会から来たよそ者が好き放題に暮らし、近所の目も気にせず、若い男との密会が知れ渡っていたのも知らずに、逢瀬を繰り返していたなんて……。少女の言葉は、今も璃世の心に痛く突き刺さったままだった。

みずきのためにも、彼の母親との間に璃世はいてはいけない。離れていても、みずきがどれほど母親を愛しているか。そして今度こそ、自分は母親として聡と向き合い、答えを出さなければ。この病とは一生涯付き合っていかなければならないし、今度こそ誰にも甘える事は許されないのだ。

最後にあの喫茶店でモカを飲もう。あの夏の日、彼が拾ってくれた落とし物のお礼に、女の子用に買ったクッキーを渡しに行って、駐車場の片隅で煙草を取り出していた青年。あの、みずきにもう一度逢って、彼の笑顔を見て、永遠の「さようなら」をしなければ……。

『木馬』の従業員の駐車場に、みずきの車はなかった。分かっていた事。今日は彼の休みの日、そして大切な人に逢いに行く日。璃世はこのまま彼に逢わずに、思い出だけを拾い集めて帰るつもりだった。実際に彼の顔を見たら取り乱し、何もかも捨てて彼の胸に飛び込みたくなるだろう。この瞬間にも、みずきが璃世を連れてどこかに逃げようと、目の前に現れるのではないかとの妄想に駆られ、今更ながら、心の中では何一つけじめがついていない事に、呆然と立ち尽くすのだった。

シーズンオフの昼下がり。店内は客も少なく、カウンターではマスターが、厨房では妻がのんびりと働いていた。マスターはいつもと変わらずモカを淹れてくれて、いつもと同じ笑顔でテーブルまで運んでくれた。璃世はいつものように窓際の席で煙草を取り出し、本を開いた。みずきの部屋と似ているこの喫茶店。天井から吊り下がったランプの灯りが、璃世の心の中に、琥珀色の思い出として永遠に漂っていくだろう。

厨房から妻が出てきて、マスターに話しかけている。

「あの子は結局、大学は休学せずに辞めちゃったんだねえ。あと一年だったのに、もったいないよね」

「ま、しょうがないさ、母親があれじゃあな。親戚も知らん顔だし、戻って来たら面倒見るって言ってるけど、これ以上あの二人を一緒に住まわせるわけにはいかないなあ」

夫婦が小さい声で囁き合っているのを途切れ途切れに耳にして、璃世はいたたまれなくなった。

「すみません、私、実は今日、遠くに引っ越すんです。あの、みずき、さんの事、教えて頂けませんか？」

切羽詰まった表情で立ち上がり、カウンターに来ようとした璃世を見て、妻はため息を吐《つ》いてマスターと顔を見合わせた。妻が璃世の席に来て向かいに座った時、璃世は涙ぐんでいた。妻は、お人好しそうな丸い目を見開いて話し出した。

「いい？　奥さん、落ち着いて聞いて。みずきとの事、あたし達は何となく分かってましたよ。あの子はあなたの事、一切言わないし、いつも変わらない。あの子は大人だから」

璃世は泣き出しそうになりながら言った。

「私、彼の力になりたかった、それだけなんです。彼があまりにも寂しそうで、悩みがあるなら打ち明けてくれれば……。私にも子供がいます。何だか彼が息子のような気がして、少しでも役に立てれば。私、今日が最後なんです。東京に帰って、もうここには戻って来ない……つもり。だから、彼のご両親の事、何か知っていたら教えて下さい。お願いします！」

「あのね奥さん、あなたも子供がいるなら理解出来ると思うから話すけど。

みずきが生まれる前に父親がいなくなって、母親と二人っきりで生きてきたんですよ。両親が別れた理由は……、母親の酒癖って事。あの人は酒が原因で誰からも見放されて、それでも必死で働いた。蓼科や白樺湖の旅館で仲居をやったり、スナックでホステスをしたりして、一人息子のみずきを育ててきた。何度も男に騙されたり、お金を貢いだり、とても美人だったから、余計に男に翻弄されたんだね。色々あったけど、みずきだけは手離さなかった。みずきも一人ぽっちで留守番して、中学からアルバイトをして母親を支えてきた……」

そこまで話すと、妻は黙り込んだ。璃世は眩暈《めまい》がしそうになったが、聞いておかなければこのまま帰る事は出来ないと思った。

「彼のお母さんは今、どうしているんですか？　それを聞いたら、彼との事、全てを終わりに出来るかもしれない。彼のためにも……」

璃世は声を押し殺して泣いていた。周りには客が途切れて誰もいなかった。妻はマスターを振り返った。マスターが言った。

「そこまで決意してるなら……」

妻は頷いて璃世を見た。

「みずきのお母さんはね、今、入院中なの、丘の上の病院にね。ただ酒癖が悪いだけじゃなかった。いわゆるアル中でね……。酔いが回ると自分の子供に手を上げて、それでもあの子は誰にも言わずに我慢してた。気付いた時には、あの子の体は傷だらけだった。それにしたって、まさか、あんな事……」

妻は一瞬口元に手を当て、言葉を切った。マスターも首を振って無言の制止をした。しばらくの沈黙の後、妻は話を戻した。

「小さい時からみずきは、母親が酒に酔って暴れたり、あの子に手を上げるのを黙って耐えてた。周りが見兼ねて、母親を病院に通わせて、一度は落ち着いて酒を断った時もあった。みずきは高校を出た後も一生懸命働いて、お金を貯めて、二年遅れで県外の大学に行ったの。あの子なりに母親と距離を置こうとしたんでしょうね。絵を描くのが好きだったから、本当は美大に行きたかったんだけど、お金もかかるし、将来のために経営学科のある大学にしたの。でも、みずきが出て行った後、母親は一人ぽっちになって、やっぱり段々と酒の量が増えて、また逆戻りよ」

「じゃあ、彼はお母さんのために大学を辞めて？」

「そう、親戚からも見放された母親を、一人息子のあの子が見るしかなかったからね。去年の冬、大学を中退して帰って来て、うちで働きながら母親を養う事になった。あんな親でも、みずきにはたった一人の大切な人だから……。でもね、みずきが生まれる前から母親と知り合いだった私達が、今年の春に入院を勧めたの。これ以上二人でいたら、破滅するのが分かったから……」

璃世は言葉を失った。あの古民家の荒れた姿、割れた酒瓶。俯く女性の肖像画。全てがみずきの母の姿に重なった。呆然としている璃世の肩を叩き、妻は言った。

「この話はこれが最初で最後。あなたは東京に帰って、二度とここには戻らない。みずきはこれからもずっと、この苦しみから逃れられないの。あなたのような、幸せそうな都会の奥さんには分からない。あの子は今、この店で働いて、将来は観光地で自分の喫茶店を開くのが夢なの。今、みずきは必死なの。これが全てよ。だから、もうこれっきりにしてやってね……」

妻は、みずきの母が幼い彼に手を上げて出来た傷以外の、「あんな事」は封印し、話し終わると、ただ首を振るばかりだった。

＊

西の山並みに夕陽が傾きかけている。小高い丘を上った先に、その病院はあった。高い柵の隙間から、陽当たりの良い小さな中庭が見える。柵の内側には枯れ始めた夏草が、外界から病人を庇い隠すかのように覆っている。

璃世は柵の外に車を停め、その隙間から中を眺めた。まだ陽が当たっているベンチに、一人の中年の女性が影を落として座っている。彼女はレースの付いた白いブラウスに、同じ白の長いフレアスカートをはいて、ベンチに片膝を立てている。スカートの裾から見える裸足の爪には、手指のマニキュアと同じ、赤いペディキュアが夕陽を弾いて光っている。無造作に編んだ栗色の髪を胸の前に垂らし、俯くその姿は、あの日、みずきの部屋で観た「膝を抱いてペディキュアを塗る女性」そのものであった。爪をなぞる細い指が、小刻みに震えている。

やがて一人の青年が、小さなスケッチブックとストールを持って彼女の前にやって来た。青年は彼女の隣に座ると、彼女の足をベンチから下ろし、ストールを膝に掛けてやった。青年を見つめる彼女の、透き通るような青白い肌、美しい顔立ち。

彼女は庭の木と花の描かれたデッサンを見ると、やつれた顔に笑みを浮かべ、彼と何か言葉を交わした。そして、彼女は彼の髪や頬や肩を、愛おしそうにゆっくりと撫でていった。青年は黙って身を任せている。

彼女は、彼の手の甲の傷を指先で優しくさすり、長袖のワイシャツの中に彼女の手を這わせていった。あの幾つかの傷を撫でているように見える。彼女は青年の顔を見上げ、しきりに何か訴えている。その瞳は悲し気で、青年の瞳にそっくりだった。彼女の表情は次第に苦しそうに、ワイシャツの中の手を……。青年は一瞬、微かな苦痛を目元に浮かべたが、黙ったまま彼女を見つめている。

それから彼女は、青年の頬を両手で包み、「ごめんね」と、何度も呟いた。そして、彼女の震える唇を、彼の唇に近づけていった。

夕陽が最後の光を伸ばして、二人を包み込んでいる。ベンチの横には、あの庭と同じ白いコスモスが、秋風に小さく揺れていた。

璃世は泣きながらその場を離れた。この土地が黄昏れに包まれる頃には、彼女は特急列車に乗って、東京へ向かっているだろう。

＊

太古に崩れ落ちた険しい稜線の山肌が、夕陽に染まり朱く輝いている。それは、厳しい自然に耐え続けてきた忍耐強さと、無限の優しさを合わせ持ち、郷土の人々を見守り続ける神の姿であろうか。八つの峰はやがて一つの山になり、県境を越えると、反対側の、それとはまた似て非なる壮大な八つの峰に、再び姿を変えていく。

ランプの灯り　弾いてるペディキュアが
乾く術もなく　濡れたまま……
愛の渇きが癒されるまで
死ぬことすらできないと
何度も呟くの
モカの香り苦く　熱く流れる
琥珀の部屋

特急列車あずさがトンネルに入ると、携帯ラジオから流れるジャズの曲が途切れた。やがてトンネルを抜けると、高原の名残の風音だけが、彼女の耳元に囁きかけていた。

第二部　琥珀の部屋と白い花

その愛が、燃え尽きるまで……

プロローグ

高原に程近い喫茶店『木馬』の閉店後、初老のマスターは、妻の節子《せつこ》が席に座り、ぼんやりと考え事をしているのを見兼ねて話しかけた。

「片付けは終わったのか？」

節子はハッとして立ち上がった。

「あの奥さん、東京に帰ったのかしら」

「お前が余計な事を言って、病院の場所まで教えるから。まあ、子供じゃないからな、ああ言った以上は納得したんじゃないかな」

「そうよね」

節子はいつも相手のためにと、お節介にも言わなくていい事まで言ってしまう癖を、少し後悔した。璃世に封印した、昨年の冬の情景を払拭するために、思い出してはため息を吐き、首を振る事しか出来なかった。

＊

渋谷で東急線に乗り換え、璃世が世田谷の自宅に着いたときには、夜の九時を回っていた。

璃世は家の前まで来ると立ち止まり、バッグから指輪を取り出した。あの日、みずきの家で庭に投げ捨てて、それを拾って握らせてくれた、彼の手の温もりがまだ残っていた。しばらくその指輪を握り締めていたが、意を決するように左手薬指に通した。長年の皮膚の微かな窪みに、すんなりと、その位置に収まったのを確かめて、璃世は玄関のブザーを押した。

灯りを点けたままの玄関内に、足音と人影が見えた。すぐにドアが開き、聡が顔を出した。廊下の向こうのリビングからは、夫がこちらに向かって歩いて来るところだった。聡は黙っている母に、

「お帰り……」

とだけ言って、笑みを浮かべようとしたのか、ぎこちなく唇を横に結んで、黙ってドアを押さえている。夫は妻を見て頷いた。璃世は聡の顔を見上げると、視線を落としながら呟くように、

「ただいま……」

と言って、玄関の中に入った。

衝撃の後に

マスター夫婦が目撃した、昨年の年の瀬の出来事……。

あの寒い夜の狂気の沙汰を、二人は忘れる事が出来なかった。

それは、みずきが大学の冬休みで帰省していた時の事だった。彼は幼い頃から母の知り合いだった夫婦の勧めで、長期休みにはいつも『木馬』にアルバイトに来ていた。その日、遅番だったみずきが帰り際に言った。

「マスター、すみませんが遅番のシフト、出来たら早番に変えてもらえませんか？」

「ああ、いいよ。夜の方が客が少ないし、仕込みを手伝ってもらえたら助かるしな。ところで、家の方は大丈夫なのか？」

「はい……、何とか」

「夕食の支度も出来なくなっちゃったんだねえ……。みずき、困った事があったら、私達に何でも言ってよ。一人で抱え込まないでね」

「ありがとうございます」

だが、みずきから相談する事はなく、夫婦は最近の母子《おやこ》の状況を知らなかった。

年の瀬も近いある晩、夫婦は母子の事が気がかりで、閉店後、みずきの家の様子を見に行く事にした。『木馬』から離れた山間の集落は、家々が距離を置いて点在しており、それぞれが他人からの干渉を避けるかのように、静かに佇んでいる。夫婦は生垣の外に車を置き、庭に入ろうとした。すると、屋内でガラスの割れるような音が響き、女性の叫ぶ声が聞こえた。急いで玄関に行こうとすると、二、三軒先の、顔見知りの高齢男性が車で通りかかり、顔を出した。

「ああ、喫茶店の〜」男性は話し始めた。

「知っていると思うが、ここのかあさんは、せがれが大学に入って一人になってから、酒の量がどんどん増えてな。この秋にはとうとう仕事にも行かなくなって。昼から庭で酒を飲んで、夜になると家の中で暴れるようになった。警察に来てもらった事もあったしな。こないだ冬休みでせがれが帰って来た時に、どこかに入れろや、と話したんだ。近所の住人も怖がって誰も近寄らねえってな。そしたら、僕が面倒見ますからって。まあ、あのせがれは、子供の時から母親の言いなりだったからなあ……」

男性が立ち去ると、みずきが割れた酒瓶らしき物を包んだ新聞紙を抱え、玄関を出て、裏のごみ置き場に行った。彼を追うように、すぐに母親がよろけながら姿を現した。かなり酔っている様子だった。裸足のままで、真冬の凍るような土を踏みつけている。長く編んだ髪はほつれ、白いガウンの前がはだけて、裸の胸が見え隠れしている。彼女の手には包丁が握られていた。

「みずき、どこに行ったの？　みずき、帰っておいで！」

彼女は声と体を震わせながら、暗い庭に向かって叫んだ。みずきが戻ると、彼女は包丁の刃を彼の胸に向けた。震える刃先と、それを握る指先のマニキュアと、足の赤いペディキュアが、玄関の灯りにきらきらと反射している。

「どうして逃げるの？　あんたもお父さんみたいに、おかあさんを裏切って、ここに置き去りにして行くの？」

みずきは母を刺激させまいと、包丁を下げるよう両手で促した。

「今も逃げようとしたんでしょう？　この前みたいに、おかあさんを一人にして」

彼は母をなだめるように静かに言った。

「一人にしないよ。ここにいる……」

「そんな事言って、あたしと暮らすのがよっぽど嫌なんだ。またそのうち黙って大学に行っちゃうんでしょ？　いつだってそうじゃないの！」

「もう、どこにも行かない……、ずっと、ここにいるから」

「嘘だ！　嘘だ！　信じられない！　あんたが出てくなら、おかあさん、あんたと一緒に死ぬからね！」

母が叫びながら両手で包丁を固く握りしめた時、右手人差し指の先から血が滲《にじ》みだした。さっき彼女が割った、酒瓶の破片で切れた時の傷だった。マスター夫婦は、その光景を目の当たりにして恐怖で足がすくみ、止めに行く事も出来ずに、その場に立ち尽くしていた。

母が息子に向かって行こうとした瞬間、凍った土に足が滑り、よろめいて後ろの壁に背中からもたれかかった。上背のある若者が、酔っ払いの痩せた中年の女から包丁を取り上げるのに、さほど時間はかからなかった。みずきは取り上げた包丁を遠くへ放り投げた。母は手首を掴んだ息子の手を払いのけ、彼の顔を何度も叩いた。

みずきの頬に、指先の血が筋を引いた。すると、母はそれと自分の指先を不思議そうに見比べた。

「さっき、瓶が割れた時に」

みずきはそう言うと、母の人差し指を彼の口に含んで、滲んだ血をぬぐってやった。母は次第に興奮が治まり、今度は泣きそうな顔をして、彼の頬に付いた血を拭きながら、

「ごめんねぇ、ごめんねぇ」と繰り返した。

「みずき、こんなに優しい子になって……、どうして？」

「僕は、お母さんの子だから……」

「そうだよね、みずきはあたしが産んだ、大事な大事な、一人っきりの、あたしの……。なのにあの人は、父親のくせに一度も会いにも来ないし、どこにいるかも分かりゃあしない。ほんとに酷い人だよ。あたしと、こんないい子を捨てて……。ねえ、あんたまで、あたしを捨てないでよ。どこにも行かないで。一人にしないで」

母はそう言いながら、みずきの首にぶら下がるようにしがみついた。彼は黙って母を抱き締めた。

「こんなとこに置いて行かれて、一人ぽっちのままじゃ寂しすぎて、死ぬことも出来ない……」

母はそう言って苦し気に彼を見上げると、まるで恋人のように口づけをした。彼は拒否もせず、されるがままに抱き締めた背中をさすり続けた。それ以外に母の精神を鎮める術《すべ》が、今の彼には見つからなかった。

母は彼のセーターの中に両手を入れ、胸から背中へと這わせていった。たくし上げられた裸の背中には、子供の頃の古傷と真新しい傷とが、癒える事なく、そのままそこに共存していた。

節子は耐えきれずに、その場にしゃがみ込んでしまった。みずきは人の気配に気付き、こちらを振り向いたが、黙って母に向き直り、ガウンの前を合わせて乱れた髪を直してやった。

「少し、眠ろう……」

と言って、土にまみれた裸足の足に、彼のサンダルを履かせた。そして、震え続ける母の体を抱えながら玄関に入り、そっと引き戸を閉めた。

みずきは、母亜紀《あき》を彼女の寝室に連れて行き、石油ストーブに火をつけ、入浴後に羽織ったままのガウンを脱がせ、肌着とネルのパジャマを着せてやった。血が滲む右手の人差し指の手当をして、布団に寝かせると、台所で湯を沸かして湯たんぽを作り、タオルを巻いて亜紀の足元に入れた。

裸足のまま土を踏み付けていた亜紀の、冷え切って固くなった紫色の足に血が通い、体温が戻るまで、みずきはさすり続けた。部屋が温まり、足の固さもほぐれて温かみが帯びてきたのを確かめると、亜紀の布団の横に寝転び、包帯で巻いた彼女の人差し指をそっと触ってみた。酒瓶で切れた傷は浅かったようで、出血は止まっていた。

亜紀は、さっきまでの外での興奮が嘘のように終わり、こと切れたように眠っている。酒を飲んで泥酔した後の彼女の症状は次第にエスカレートし、とうとう息子に刃物を振りかざすようになってしまった。これが父と娘であれば、力の弱い娘は自分の命を守るために、父親の元から逃げ出す他はないだろう。しかし、みずきは体力のある二十三歳の男性であり、彼の母は、痩せて体力がすっかり落ちた四十三歳の中年の女性であった。この一、二年、亜紀の酒の量が増えた事と度々の豹変は、みずきが母から離れるために他県の大学へ行き、彼女を一人にした事が原因であると思っていた。今はもう、一人で生きる事の出来ない人になってしまったのだろうか？　母の寝顔を見ながら、みずきは彼の将来設計を描き直さなければならないと思った。

亜紀は、大学の冬休みで帰省中のみずきが、アルバイトに出かけている間、いつも居間で酒を飲み、度が過ぎるとそのままソファーに横になり、風呂にも入らず着替えもせず、朝まで眠ってしまう日々が続いていた。

どのくらい時間が過ぎたのか？　亜紀はふと目を覚ました。布団の傍らで、畳の上に背を向けて寝ているみずきの姿が、ストーブの灯りに照らされているのが見えた。亜紀は、いつ、彼女の寝室でパジャマに着替えて布団に入ったのか？　何故息子が母の隣で、布団も敷かずに畳に寝転がっているのか？　何も覚えていなかった。

　亜紀は息子に声をかけた。

「みずき、どうした？」

　みずきは亜紀の声に目を覚まし、顔をこちらに向けた。

「そんなとこで眠っちゃ風邪ひくよ。こっちおいで」

　亜紀が掛け布団の端を持ち上げると、みずきは黙ったまま布団に入ってきた。そして、布団からはみ出しそうになりながら体を丸くした。

「おお、冷たいねえ……」

　亜紀は笑って、幼ない子供の頃のようにみずきの背中をさすった。そして腕枕をしてやり、天井を見ながら独り話し始めた。

「おかあさん、また何かしでかしたんだね。みずき、黙ってないで怒ってよ。あんたは、小さい時から我慢してばっかり……。

　おかあさんさあ、去年仕事辞めちゃったけど、また働く。中学の同級生の喜美《きみ》ちゃんがね、来年の春に、家族で土産物の和菓子工場を始めるんだって。それで、何十年か振りで電話くれて、ちょっと遠いけど、パートで良かったら働きに来ない？って言ってくれたんだよ。中学の時以来なのに、覚えててくれて、嬉しかった……。年明けたら、今度こそお酒をやめて、長く働けるようにする。みずきに、もう迷惑をかけないようにしなきゃあね……」

みずきはしばらく「うん」と相槌を打っていたが、いつの間にか眠っていた。

「みずき、寝たの?」

亜紀は息子の返事がないと分かると、彼女も再び眠りにつくために目を閉じた。山を背にした古民家の屋根に、ちらほらと雪が舞い降りてきた。

*

『木馬』は新年を迎え、スキー客が多く立ち寄り、賑やかな季節を迎えていた。

みずきはマスター夫婦やアルバイトの学生達と忙しく働いていた。大学では風呂なしのアパートに住み、学費や母の生活費、母の酒代の支払いのため、早朝や夜間のアルバイトをしていた。『木馬』で繁忙期に時給を割り増しにしてもらうのと、収入はたいして変わらなかった。みずきが幼い頃から母と知り合いだったマスター夫婦の計らいで、時給を上げようと言われたが、彼は特別扱いをしないで、他のアルバイトの若者と同じ金額にしてほしいと頼んだ。マスターは、そんな生真面目なみずきの申し出に、大学を中退して母の面倒を見ると決めた彼のために、今年から週五日の常勤として雇う事に決めたのだった。

みずきは寡黙だがよく働き、仕事の覚えも早かった。客への対応も丁寧で、穏やかな笑顔の評判が良かった。いずれは蓼科で、自分で喫茶店をやってみたいとの彼の夢を、子供のいないマスター夫婦は、出来るだけの事をして、この息子のような青年を後押ししてやりたいと思っていた。

昨年の包丁の事件以来、夫婦は亜紀に、入院して酒を断つ事を勧めたが、彼女は精神病院に何か月も入院する事を怖がった。十年前、節子に付き添われて、車で十キロほどの丘の上の病院まで通院し、断酒を試みた事もあったが、何度も断念し、病気として世間に知られるのではないかと、通院もやめてしまった。元々酒癖が悪い亜紀だったが、毎日興奮して暴れるのではなく、一人で寂しい時に酒を飲みすぎたり、他の人からの誘惑に負けてしまうためだと、自分自身を分析し言い訳にしていた。

みずきも、母は今まで働きながら節酒して努力をしてきた。酒を飲まない時期もあったのだから、完全に酒を断つとまではいかなくても、家族の協力で量を減らし、普通の生活を送らせてやる事が出来るのではないかと思っていた。

だが、みずきの体の傷を知っている夫婦には、そんな母子愛が、二人の幸せをいたずらに遠ざけるだけであると、薄々感じていた。みずきが子供の頃から亜紀の事を相談してこなかったため、大事な時期に母子に援助のための介入が出来なかった事を、夫婦は悔やんでいた。

節子は、亜紀の母親とかつて同じ職場で働いており、亜紀は彼女にとって姪っ子のような存在だった。そのため、みずきが生まれた時は彼を息子のように可愛がり、育児を手伝った。亜紀にホステスの仕事を辞めさせ、昼間の一般の仕事に就かせた。それでも仕事や家事のストレス、母子家庭の寂しさから酒量が増えるにつれ、節子は亜紀に酒を控えるよう、何かと厳しく言ってきたのだった。亜紀は次第に干渉されるのを煙たがるようになり、マスター夫婦からの助言を聞き入れなくなっていった。節子は、そんな母親に対して、息子が甘やかし駄目にしていると思っていた。時々電話したり様子を見に行って、亜紀が酔っているのを見つけると厳しく説教した。それ以来、亜紀は母親のように慕っていた節子の声を聞くと、電話を切ったり家の鍵をかけてしまうようになった。

マスターは、他人が厳しすぎると余計に悪化させるから、きつく言わないよう節子に注意していた。夫婦は、再び昨年のような刃物沙汰を起こした場合、保健所や役場に相談し、今は絶縁状態にある親戚の代わりに、今度こそ亜紀を説得し入院させて、アル中の治療を受けさせようと考えていた。

みずきが亜紀の状態の悪化のために大学を中退した事で、彼女は気持ちを入れ替え、和菓子工場が始まる三月までに断酒すると宣言し、自ら自宅で断酒生活を始めた。しかし、三日も経てばみずきのいない間に酒を買いに行き、家や裏山で飲む事を繰り返していた。

また、自分が原因でみずきを中退させてしまった事に罪悪感を募らせ、却って深酒をする悪循環に陥ってしまうのだった。幻覚・幻聴が現れ、一人でいる時に興奮し包丁を投げたり、叫びながら室内の物を壊したり、庭の椅子を投げたりした。その都度、近所の住人が『木馬』に電話し、みずきが駆けつけるのだった。みずきは仕事中、亜紀に電話をして様子を聞いては落ち着かせた。

みずきの幼馴染は近所に何人か住んでいるが、そんな母親の子供とは関わらないようにと、親達がみずきとの付き合いを制限し、既に母子は村八分同然の状態になっていた。

亜紀は、泥酔してみずきに包丁を向けた事すら記憶になかったが、止められない感情のはけ口に、彼の肌に爪を立て傷を付けてきた事は分かっていた。これまでの彼への身体的虐待は彼女を責め続け、酒を止めるどころか、その苦しみから逃れるためにまた酒を飲み、全ては自分達を捨てて行った、あの男の責任に転嫁してきたのだった。

＊

今日も亜紀が酒屋から出て来ると、そこに高校の同級生だった哲夫が車で通りかかった。

「亜紀じゃねぇ？　やあ、久し振りだな。俺だよ、哲夫。元気か？」

「あれ？　哲っちゃん？　何十年振り？」

「俺さぁ、今富山にいるんだ。三男だから、大学時代に付き合った彼女の家に婿養子に入ったんだよ。嫁が長女だから、実家の家業を継ぐために、大学を卒業してすぐに富山の料亭に入ったって訳さ。こないだ父方の爺ちゃんが亡くなったんで、葬儀に帰って来たんだ」

亜紀が二十歳で子供を産んだ事は、同級生の間では皆知っている事だった。しかし、結婚をしないまま出産し、相手の男性も既にいなくなっていた事で、私生児を産んだとの噂が近隣にあっという間に広まり、その理由だけで偏見の目で見られていた。

哲夫は子供の事は知っていたが、県外に住んでいたため、酒癖の悪さまでは知らなかった。高校生の時の亜紀の快活さと、その頃既に際立つ美貌とで、華やかで健康的なイメージしかなかった。

「来週には帰る。暇だったら隣町の山田の店に行かないか？　同学年の山田勝《まさる》。あいつ今、駅前でスナックやってるんだ。これから顔見に行く所なんだ。ちょっとだけ飲まねえか？」

「あたし、あんまり覚えてないけど」

「顔見りゃ思い出すよ。帰りは俺が送ってってやるからさ」

哲夫の車でその店に行くと、山田が一人で開店の準備をしていた。彼は亜紀を見て一瞬、怪訝《けげん》そうな顔をした。

「ああ、隣のクラスにいた山田君だ。そう言えば、高校の裏の林で放課後、一緒に煙草吸ったよね～」

亜紀は山田を思い出し、高校時代の元気で明るい笑顔になった。

「久し振りだな。まだ昼間だし、哲夫が車だから酒は少しにしよう。亜紀、痩せたな。ちゃんと食ってるのか？　今、つまみを作るから……」

と言って、山田は通しの準備をした。三人は高校時代に酒や煙草を覚え、友達同士でこっそり飲んだり吸ったりした事や、授業をさぼって映画を観に行った事など、懐かしく語り合った。

「あの頃は甘々だったけど、今そんなのばれたら、すぐ補導されちまうからなあ」

「亜紀はほんとよくモテたよなあ。実はさ、俺もちょっとは気があったんだ。だけどそん時、バレー部の先輩と付き合ってたんだよな」

　哲夫が照れ臭そうに言うと、

「ただの友達としてね。でも先輩が卒業したら、それっきりだったんだよ。あの後、お母さんが病気して、それどころじゃなかったし」

「そうだったな、ごめん。お前が卒業した年に亡くなったんだよな……。俺、立候補すれば良かったなあ」

　哲夫は亜紀の横顔を眺めた。

　山田は注いだビールを亜紀が一気に飲み干すのを見て、

「亜紀、空きっ腹で飲むのが一番悪いんだぞ。食べながらゆっくり飲めよ」

と言って、通しやつまみの他に、焼きうどんを作ってくれた。

「ありがと。あたし最近、小食になってね」

　そう言いながら、また亜紀がコップを差し出すと、山田はそれっきりビールを注がなかった。

　山田は亜紀と目が合うと、彼女に「もう駄目だぞ」と視線を送った。

　亜紀はそんなサインに気付かない素振りで、昔のように天真爛漫に笑いながら話をしていた。

だが、次第に我慢が出来なくなり、さっき酒屋で買った日本酒の瓶をバッグから取り出し、二人に奢ると言った。亜紀は自分のコップに手酌をして、哲夫と山田のコップにも注いだ。哲夫は酒に強く顔色が全く変わらなかった。亜紀の目の色が変わり始めた時、山田の妻が準備の手伝いに店に入って来た。

山田は妻に気付くと、慌てて酒瓶に蓋をし、亜紀に返した。

「哲夫、そろそろ開店の時間だから、お前達とはこれでお開きだ」

山田の妻は彼らより年下で他校の出身だったが、夫の同級生関係の話の中で、亜紀が他校の男子とも遊び回っていたり、スナックでホステスをしていた時の噂は耳に入っていた。

哲夫が妻に挨拶をすると、妻は愛想よく返したが、亜紀の目が既に据わっているのを見て、哲夫からの紹介に、黙って睨み、顎をしゃくった。哲夫が妻の視線を察し、亜紀に帰ろうと促すと、亜紀は次第に攻撃的な口調になり、呂律が回らなくなって言った。

「なによ、まだ来たばっかだよ。哲っちゃん来週、富山に帰るんだって？　めったに会えないしさ、もっと飲もうよ」

「今日はこれまでにしよう。家まで送ってくわ」

「やだよ、もうちょっと。これはあたしが買った酒なんだからね。これを空けたら帰るよ」

そう言って瓶の蓋を開けようとした。山田の妻は我慢ならない顔になり、口を挟んだ。

「ちょっと、ここは蓼科のスナックじゃないんだからね。変な真似しないでよ」

「変って何よ。ただ同窓会やってるだけじゃん。なにムキになってんだか、ばっかじゃないの？」

「あんたの酒癖の悪さは十キロ先まで皆知ってんだよ。他の店でも暴れてるそうじゃん。結婚もしないで私生児産んでさ、その男にも逃げられたって、ここら辺じゃ有名人だよ！」

山田が「言いすぎだ」と言って妻を制したが、妻は店に入った時の夫の顔が、亜紀を前にニヤケているように見え、余計に腹立たしかったのだ。

亜紀も負けてはいなかった。

「あんたの高校さあ、不良の寄せ集めだったよねえ。自分がガラが悪くてモテなかったから、あたしが山田君と仲良かったのに焼きもち焼いてたんだろ？」

「何さ、酒乱で淫乱のくせに！　あんたなんか、場末の傾いたスナックの酔いどれホステスくらいがお似合いなんだよ！」

「ふざけんなよ、何も知らないくせに、馬鹿にすんな！」

亜紀は立ち上がり、目の前の通しの小皿を、カウンターの中の妻目がけて投げつけた。妻の洋服に通しの煮物がかかり、妻はカッとなって、カウンターから出て来て亜紀のほっぺたを思い切りピシャリと叩いた。

慌てて男二人が止めに入り、妻に対抗しようと酒瓶を掴んだ亜紀の手から瓶を取り上げた。倒れたコップや皿が落ちてカウンターや床を汚し、破片が飛び散った。哲夫は山田と二人がかりで亜紀を車に乗せた。山田は車の外で哲夫に言った。

「亜紀の母親も酒で肝臓と膵臓を患って亡くなった。亜紀は高校を出て母親が死んでから、大酒飲んで暴れるようになって、男関係でも色々と問題を起こしてきた。お前は卒業して他県の大学に行って、そのまま富山に行ったから知らなかっただろうけど、地元じゃ皆知っている。これ以上関わらない方がいいぞ」

亜紀は、運転中も哲夫の腕に絡みついてくだをまいた。

「ねえ哲っちゃん、もう一軒行こうよ。あたしが知ってる店あるからさぁ」

「もう夕方だから帰らなきゃ、家族に怒られるだろ？」

「旦那もいないし、息子も何も文句言わないし、怒る人なんか誰もいないよ」

「亜紀よう、お前どうしちまったんだ？　お前だったら再婚とか、いくらでも面倒を見てくれる男がいそうなのにな」

「男なんかねえ、皆嘘つきで、あたしの体と金を貪《むさぼ》る事しかしなかったんだよ」

「そ、そうか？　あん時、俺がこっちにいればな。俺がお前を……」

「あたしもさあ、哲っちゃんの事好きだったんだよ。ねえ、なんで遠くに行っちゃったの？」

亜紀は運転中の哲夫の腕に甘えるように顔を擦りつけた。

家に着き、哲夫が車外に出ようとすると、亜紀は哲夫にしがみ付いて降りようとしなかった。するると、先に帰っていたみずきが家から出て来た。

哲夫はみずきに必死になって理由を説明したが、みずきは哲夫に母の失態を謝り、亜紀がまた外でこんな事をしたら、自宅か『木馬』に連絡をくれるよう、電話番号を伝えた。

　その夜、みずきが店にお詫びに行くと、山田は、

「亜紀はアル中だから、病院に連れて行くか入院させるかして酒を断たないと、取り返しがつかない事になるぞ。アル中を甘く見るなよ」と忠告した。

　みずきは家に帰ると、テーブルに突っ伏して眠っている亜紀を見た。足元には、空になったワインの空き瓶が転がっていた。


　みずきは、家で亜紀が暴れる度に、小柄な母を力ずくで押さえつけずに彼の体で受け止め、その度に爪痕が増えていった。彼は高校卒業後、地元で働いていたが、そんな母との生活に疲れ、二年後、遠く離れた大学に行く事で母を突き放し、自分のために生きようとした。

　しかし、一人になった亜紀は、寂しさから酒の量が増え、行きずりの男とも酒を交わした。男達は彼女の容姿に寄って来ては離れて行き、挙げ句の果てに金まで搾取する者もいた。とうとう親戚にも借金をして、唯一の親族からも見放されてしまったのだ。

　みずきは、それもこれも、自分が母から逃げ出そうとした事の報いであると思うようになっていった。

＊

早春の信州に雪が降り積もり、八ヶ岳連峰は真っ白い雪帽子を被っていた。古民家の屋根にも厚く雪が積もり、みずきは夜明けから屋根の雪下ろしと、庭と坂道の他に、近所の高齢所帯の屋根の雪下ろしや、近隣の家の前も雪掻きを済ませてから『木馬』に出勤した。

長い寒気に覆われた季節は、病人の心身にも影響を与えた。亜紀はどこにも出かけず、一日中居間の炬燵に潜り込んでいた。みずきが出かけたのを見計らい、ぐずぐずと起き出しては、買い置きして家中に隠して置いた酒を引っ張り出し、ひたすら飲み続けるのであった。夕食の準備もせず、少しの乾き物をつまみにして、みずきが遅番の仕事から帰って来る頃には、居間で眠りこけていた。いっそ喜美子の和菓子工場が始まる三月まで、酒浸りの日々を送ろうと決め込んでいた。

亜紀は、こんな半病人みたいになってしまい、息子の稼ぎと優しさに甘えて、どんどん落ちぶれていく自分の体たらくにうんざりしていた。山田の妻から投げつけられた言葉の端々《はしばし》が断片的に蘇り、亜紀を責めるのだった。

みずきが昨年、別れた時のあの人と同じ二十二歳になった時、その横顔は彼と瓜二つになり、亜紀はひと時も彼を忘れる事が出来なくなっていった。あの人が自分を捨てなければ、こんなにはならなかった。あの人はどこにいるのか？　何故会いに来てくれないのか？　その思いが、彼の幻となって亜紀を訪ねて来るのだった。

亜紀は誰かに呼ばれた気がして、炬燵から這い出し、縁側の木枠のガラス戸を開けてみた。庭の向こう側に、優しかったあの人が立って、亜紀に手招きをしている。亜紀は、「やっと来てくれた」と、彼の元へ行くために、裸足のまま白い庭に飛び下りた。膝までの雪を掻き分けながら、亜紀は優しく微笑む彼の胸に抱かれようと、両手を伸ばした。

富山に帰る哲夫が、最後の挨拶がてら亜紀の様子を見に来て、雪に埋もれたまま気を失い、失禁までしている彼女を発見した。哲夫の大声を聞きつけ、様子を見に来た近所の住人と一緒に家の中に運び、『木馬』に電話をした。その高齢男性は、母子が村八分とは言え、みずきが今日のように屋根の雪下ろしや家の前の雪掻きをしてくれたり、高齢所帯を気遣って力仕事を手伝ってくれるため、亜紀の様子に気付くと、電話をして何かと協力してくれるのだった。

駆けつけたみずきとマスター夫婦。節子は亜紀を抱き締め、泣いた。

「亜紀ちゃん、あんなにお酒に溺れちゃ駄目って言ったのに、どうして分かってくれないの？」

その後、何度も断酒を試みたが、桜が舞う季節になっても症状は改善されず、喜美子の工場に勤めに出る事も叶わなかった。彼を求める幻覚は夜中に頻繁に現れるようになり、みずきを眠らせてくれなかった。桜が散り葉桜になった頃、亜紀はやっと、みずきと夫婦、医者、保健師からの助言を受け入れ、十キロ離れた丘の上に建つ精神病院に、任意入院する事となった。

琥珀の部屋

入院した当初、亜紀は鬱症状もあり、長い離脱症状に苦しんだ。かつて透き通るように美しかった肌は艶を失い、張りのあった頬は別人のように削げていた。

みずきは金曜日の休みの日に、必ず亜紀を見舞い、ハナミズキのある庭の変化を描いた絵を見せた。離脱症状を繰り返していた時期は、早く家に帰りたいと訴え、その苦しさをみずきにぶつけ、彼の手に爪を立てる事もあった。時に亜紀は他の患者と共謀し、外出時に酒を買ってきてもらい、病室でこっそり飲んだりしていた。それでも、みずきのいる家に帰りたい一心で、必死に断酒の治療を受けた。胃腸や肝臓が弱っていたため、内科にも入院し、彼女が心身の健康を取り戻すまで、長い月日が必要だった。


みずきが寝室にしている部屋には、白いドレスを着た女性の鉛筆画と、四季に移り行くハナミズキの水彩画やデッサンが幾つも置かれていた。

亜紀は毎年、彼女の誕生日である九月になると、白いドレスを着て化粧をし、何かを思い出すように、居間のアンティークの椅子に座り、手足の爪にマニキュアを塗る。そして、両足を椅子に乗せ、濡れたペディキュアが乾いていくのを眺めながら、いつまでも昔の思い出に浸っているのだった。だが、みずきにその理由を話す事はなかった。幼い頃から母のそんな姿を、みずきは見つめてきた。

美大への夢を諦めてから、みずきはその姿をデッサンするようになった。一言も話しかけずに、ドレス姿の母を描きながら見守り続けた。そして、膝に顔を埋めた母が眠りに入り、体が傾きそうになると、彼女を抱きあげ、寝室に運んで寝かせるのが彼の役目であった。母が眠りについたのを確かめ寝顔を見ている時が、みずきにとって慰めの時間であり、どんなに母が乱れる事があっても、この瞬間だけは、母子が愛を分かち合っている実感が湧くのだった。九月に白いドレスの母を描き始めてから数年が経ち、同じ姿を描いていたのに、一年毎に紙の上の母は、痩せて小さくなっていった。

＊

みずきは亜紀が退院後、断酒しやすいようにと、入院中に居間の模様替えをした。亜紀が殺風景な寝室で一人寝るのを嫌がり、飲んだくれては居間のテーブルに突っ伏して眠ってしまうため、ソファーの後ろを倒してそのまま寝られるようにと、ソファーベッドに替えた。

そして、祖父母が使っていた、針を落とす古いレコードプレーヤーと、ジャズやブルースのドーナツ盤を小屋から探し出し、部屋に置いた。また、『木馬』に似せて、灯油式のランプで落ち着いた夜の灯りを演出し、母を迎える準備をした。

物心つく頃から、酒に溺れていく母を目の当たりにして、少年の心は疲弊していった。彼の体の傷が増えるにつれ、学校でも問題提起をされた。しかし、幼いながらに彼は、これは自分で付けたものであると言い張り、学校や児童相談所から追及される母を庇ってきたのだった。それも全て、彼が母から離れたくない一心からであった。

医者からは、一生涯酒を断つための努力をしていかなければならない。飲酒を続ければ命の期限も短くなると、不治の病にも似た宣告を受けた。今日まで彼を離さず愛してくれた母を一人で逝かせるなんて、余りにも可愛そうすぎる。母を支える限界が来た時には、この琥珀色の部屋で、母と共に人生の全てを終わらせる事を、みずきは想像していた。それは彼にとって悲惨ではなく、悲惨の果ての、美しいままの母との、最期の夢でもあった。

＊

そんな時、出会った都会の女性。彼女には、健康な夫と息子がいるにもかかわらず、家族に支えられている安心感も忘れて苦しんでいた。心の病とは、人から気付きさえも奪ってしまうのか。もしも、美しいだけの死があるとしたら、彼女が望む「死」は、幸せな人妻の贅沢な憧れに過ぎないのではないだろうか。生きる強さと与える程の愛が、体の奥に漲《みなぎ》っているのを見つけられずに、彼女は一人嘆いていた。

誰にも隠してきた心と体の傷を晒し合い、たった一夜、慰め合い愛し合った年上の女性。みずきは彼女の残り香と、彼の傷を癒してくれた母性に浸るため、ランプに火を灯し、ジャズを子守歌に「琥珀の部屋」で一人眠った。

渓谷の祈り

璃世は、世田谷に戻ってから「等々力渓谷」を度々訪れるようになった。璃世の家の最寄りの駅から、電車で数個目の場所にあり、今まで殆ど訪れる事がなかった。この渓谷に来ると、みずきと訪れた苔むす森と、エメラルド色の湖畔を思い出すのだった。彼との別れの苦しさは、遠く離れた事でだんだんと和らいでいった。

璃世は自宅に戻ってから減薬を始めた。気休めにサプリメントで穴埋めをしてみた。離脱症状は、ぼんやりしたり、放心状態に似た感覚になったりが続いている。だが、恐れていたパニック症状や、希死念慮は、繰り返しながら次第に薄れていった。それにつれて、煙草もあまり吸えなくなっていった。そのため、少しずつ体が楽になるのが分かる。定期通院をやめて手元の薬が終わったら、そのまま断薬し、もし症状が悪化したら、また服薬する事になるかもしれない。それでも良い。体の弱くなった母の援助も断り、璃世の方から会いに行った。

鬱々とした性格で生きていくしかないとしても、それは諦めと共に、自分自身への許しでもあると思えるようになった。家事をぞんざいにしても、夫や息子は黙って補ってくれる。たとえこの先、家族に見捨てられたとしても、どんなに無様に年老いていっても、それなりに生きていくしかない。漠然とした死への憧れがいつも近くにいる事を、そっと認めてあげよう。左手首の薄くなった横線を、璃世は自分自身の手で、労わるように優しく撫でてみた。

みずきは貴重な青春時代を、病の母と共に、今も苦しみに耐え続けている。

「彼と彼の母の苦しみが、癒されますように」

あの湖の祈りを、ここで……。

二人だけの生活

その晩秋、退院し自宅に戻った亜紀は、『木馬』に似た琥珀色の部屋をとても気に入った。それからは、昼も夜もそこで過ごすようになった。顔色も良く、美しい肌と本来の性格の明るさが徐々に戻ってきた。ジャズやブルースは、子供の頃に両親が聴いていたのを思い出させ、酒への欲求を緩和する助けになった。

今では親類八分・村八分状態になってしまった母子を心配したマスターは、地域の民生委員の年配の女性に、時々亜紀の様子を見に行ってほしいと頼んでいた。民生委員は役所の職員ではなく単なる名誉職にすぎないが、地域の人々の相談事など、必要があれば役所に繋いでくれる。その女性は依頼を受けて、月に一、二度、亜紀の顔を見て世間話をしたり、悩みがあれば聞いてくれると言う。民生委員は、亜紀がアル中の治療を受けている事を知らない事として訪ねた。

亜紀は、何も悩みがないかのように、愛想良く世間話をして済ませていた。みずきの付き添いで定期的に通院し、飲酒の欲求が強くなったり不眠が続くと、処方された薬を服用する事になったが、「健康でどこにも通院していない」と、上辺《うわべ》の話に終始した。

みずきが休みの日には、一緒に高原までドライブしたり裏山を散策したり、部屋で音楽を聴いたりして過ごし、しばらく断酒の日々が続いた。

「おかあさんさぁ、前よりずっと体が軽くなった気がする。正直言って苦しい時もあるけど、頑張ってみるよ。今までみずきに迷惑ばかりかけて、ほんとにごめんね」

「謝らなくていいよ、病気を治すと思えばいいんだから」

「みずき、本当に優しい子でいてくれて。こんな親、いない方がましでしょうに……」

「おかあさんが僕を手離さずに育ててくれたからだよ」

「そんなふうに思ってくれてるの？　ありがとう」

亜紀はそんな話を繰り返しては、また涙ぐむのだった。

同級生の喜美子に事情を話すと、酒の事を知っていた彼女は理解し、亜紀を受け入れてくれた。それから、和菓子工場でパートで週三日、午前中だけ仕事に行く事になり、規則正しい生活を取り戻そうとしていた。

工場へは、家の前の坂を下りた道路でバスに乗り、三十分程かかる。度重なる飲酒運転と追突事故で免許を取り上げられ、運転が出来ない亜紀には仕方のない事であった。そのため、みずきと一緒に朝食を摂り、彼の車で工場まで送ってもらい、みずきはそのまま『木馬』に出勤する。帰りは、一人でバスで帰宅した。

しかし、そんな穏やかな日々は長くは続かなかった。胃腸が弱い亜紀は、薬の副作用で嘔吐したり眩暈《めまい》がするため、一週間もしない内に勝手に断酒薬を捨てたり、睡眠導入剤の代わりに、みずきに隠れて酒を飲むようになった。その内に、工場の仕事中にも酒が飲みたくなり、手の震えが出るのを恐れた。帰りのバス停の近くに酒屋があり、そこで酒を袋一杯まとめて買うようになった。それでも暴れたりする事はなく、面倒がった入浴も自分から入ったり、気分の良い時は掃除や調理も出来るようになった。

厳しい冬が過ぎ、桜が舞う季節になると、裏山で花見をしながら、みずきは母に提案した。

「ね、おかあさんが体調が良い時に、どこかに小旅行でもして一泊してみる？　軽井沢はどう？」

「え？　でも遠いでしょう？」

「メルヘン街道で白駒を通って、佐久に出ればすぐだよ」

「そう言えば、みずきを泊まりがけの旅行に連れてってあげた事なかったね。悪かったねぇ。じゃあ、おかあさんの誕生日の頃でいい？」

「そんな向こうでいいの？　でも九月ならホテルも空いてるし、涼しくなっていい季節かもしれないね」

「白駒を通るんだね。あそこは、とっても綺麗な湖だった……」

亜紀は遠くを見るような目をして呟いた。以前に、ほろ酔いで機嫌が良い時に頬杖を突いて、

「九月にぃ、白駒のぉ湖畔でぇ、二人だけのぉ……」

と、小さな紙を握り締めながら、誰かとの約束を思い出すかのように独り言を呟いていたのを、

みずきは覚えていた。行方知れずの父との事だったのかもしれない。楽しかった事を思い出して、いつか本当に酒を飲まない生活を送れるのではないかと、彼は希望を抱いた。

苦悩するための出逢い

草木が勢いよく芽吹き、アカシアの花にミツバチが集う五月、ほんのり甘い香りを乗せて、爽やかな初夏の風が古民家に吹き寄せていた。庭のハナミズキの真っ白い花が開き始め、その短く美しい時期を惜しむかのように揺れている。

みずきは屋根に上り、積雪で傷んだトタンの剥げた部分を打ち直し、仕上げの塗料を塗っていた。亜紀は種を撒いて整えた畑の草取りをしていた。彼女は立ち上がり、「ふう」と息を吐いて、額の汗を拭った。

「おかあさん、疲れたんじゃない？　無理しないで少し休みなよ」

みずきは母の様子を見て声をかけた。

「そうだね、つい夢中になっちゃった。昔は平気だったのにね」

亜紀は笑って言うと、ハナミズキの木陰の椅子に座った。

「おかあさんさぁ、年とったせいか、何やっても長続きしなくなっちゃったね」

「そんな事ないよ、頑張りすぎるのが一番良くないってお医者さんが言ってただろ。おかあさんのペースでいいんだよ」

母子の会話が穏やかな風と共に庭に響いた。

「みずき、喉渇いたでしょ？　お茶淹れてくるね」

「うん」

亜紀は家の中に入って行った。

みずきが屋根に掛けた梯子を降りようとした時、生垣の外にベンツが停まり、運転手を待たせて一人の男性がこちらに来るのが見えた。がっしりとした大柄な体格に高級そうな背広を着こなした、四十代に見える男性は、生垣から左右を見回している。庭先に立ててある古い郵便受けに表札がかかっているのを見て、「黒沢」と苗字だけが書かれているのを確認すると庭に入って来た。

みずきが梯子を降りてくると、

「こちら、黒沢さんのお宅ですか？」

と、男性が尋ねた。

「はい、そうですが」

みずきが答えると、男性は麦わら帽子の下の彼の顔を、覗き込むように見た。みずきが訝しがるのに気付くと、男性は笑顔になり、

「失敬。私、こういう者です」

そう言って、背広の内ポケットから一枚の名刺を取り出した。その時、亜紀が部屋の中から縁側に出て、緑茶を淹れた湯呑を置いた。亜紀は見知らぬ男性がみずきの前に立っているのを見て、

「お客さん？」と聞きながら、玄関を回って庭に出て来た。男性は亜紀の姿と、こちらに向かう

足取りが少し弱々しいのを見て、何か複雑そうな表情を見せた。亜紀は不思議そうに男性を見ながらみずきの隣に立つと、みずきが渡された名刺を見て、初めて見る名前を声に出して読んだ。男性はそんな亜紀の顔をじっと見つめた。みずきが、

「おかあさん、知ってる人？」

と聞くと、男性はこの二人が親子である事を確認した様子だった。そして、

「私、園部《そのべ》孝之《たかゆき》と申します。えっと、この苗字に見覚えはありますか？」

と聞いた。亜紀は小首を傾げている。みずきが名刺をよく見ようと、麦わら帽を取った時、午後の陽差しが彼の顔を照らした。男性はその瞬間、驚いた顔をした。そして、思わず呟くように言った。

「ああ、やっぱり……」

みずきは男性の言葉に戸惑った。

「君は、いや、あなたは、私の兄にそっくりだ。顔も体つきも……」

男性はしばし言葉を失った。

「何の事ですか？　僕は、母親似だって言われてるんです」

「ああ、確かに、目はこちらのお母様によく似ていますね。しかし、顔立ちも、この立ち姿も、声も、私の兄そのものだ」

亜紀が口を挟んだ。

「あの、この子の父親の事を言ってるんですか？　あなたがお兄さんと言う人とは、苗字が違いますけど」

「そうですか。兄は別の名を名乗って……」

男性はしばらく黙り込むと、意を決したように言った。

「牧村和也《まきむらかずや》。という名前をご存じですか？」

亜紀はその名を聞くと顔色を変えた。

「えっ？　あの人、あの人の事ですか？」

亜紀は道端に止まっている車を見やりながら男性に詰め寄った。

「あの人、どこにいるんですか？　一緒に来てるの？　ねえ」

男性は、取り乱す亜紀の様子を見て、しばらく言い淀んだが、静かに言った。

「彼は、一年前に、亡くなりました」

亜紀はそれを聞くと目を閉じ、ふらりと体が揺れた。みずきは咄嗟に母の体を支え、男性に言った。

「いきなりそんな話。中で……」

みずきが亜紀に「歩ける？」と聞くと、彼女は頷いた。みずきは母の肩を抱きかかえるようにして家の中に入った。

みずきは居間のソファーに亜紀を座らせると、

「座っていられる？」

と問いかけた。亜紀は背もたれに寄り掛かりながら、

「大丈夫。ちゃんと聞きたいから」

と、気丈に答えた。

男性が招かれた部屋の中を見回すと、ランプが置かれたテーブルと、アンティークな椅子、長いソファーのある部屋は、開け放たれた木枠のガラス戸の前に広がる山や畑のある景色とは、どこかアンバランスな雰囲気を感じた。男性は改めて、名刺の通り「園部孝之」と名乗った。説明すれば長くなるが、男性の兄は、遠縁に当たる牧村という親戚からの養子であり、両親や男性とは直接の血の繋がりがないとだけ説明した。亜紀は、落ち着きを見せるように振る舞おうとしていた。

「みずき、お客様にコーヒー淹れてあげて」

みずきは頷き台所に行った。亜紀は、テーブルの横の椅子に座った園部の横顔を見た。遠縁とは言え兄弟と聞いて、どこかに牧村和也の面影を見出そうとしてみた。

「もし、本当の兄弟って言われたら、あの人と似ているって思うかもしれませんね」

「そうですね、遠縁と言っても、少しは血の繋がりがあるわけですから。兄とは三つ違いで、同じ環境で一緒に育ちましたから、どことなく似てくる所もあるでしょうね」

しかし、ガタイが良く目鼻立ちのはっきりした園部と正反対の和也に、似ている所は何も見つ

けられなかった。台所から香ばしいコーヒーの香りが流れてきた。

「いい香りですなあ」

「息子がね、喫茶店で働いているんです。家でも店と同じサイフォンでよく淹れてくれるんですよ」

「そうですか、喫茶店で。真面目で優しそうな息子さんですね」

園部は母子の様子からして、亜紀が一人で育ててきたのだろうと推測出来た。彼女は息子を褒められると嬉しそうに笑った。彼女の整った顔立ちと、笑った時の眩しそうな眼差しに、園部はしばし見入ってしまった。

しかし、それに反して、どこか疲れたような表情や話し方に、母子家庭の苦労が見て取れた。亜紀はあまり健康状態が良いように見えなかった。何か病気を抱えているのかもしれない。突然の和也の死を告げられて、そのショックが彼女の体に大きな負担をかけたのではないだろうか？

園部が和也の話にどこから触れようか考えていると、亜紀が言った。

「あの人、自分の家の事は殆ど話さなかったから、あたしは詳しい事は知らないんです。息子が生まれる前に別れましたから。あの子は何も知らないし、何も聞いてこないし……」

亜紀の言葉が途切れた。彼女は少し前屈《かが》みになって片手を膝に付き、額に手をやり目を閉じた。額から汗が滲み出している。彼女の呼吸が次第に速くなっていき、汗を拭う手が少し震えているように見えた。

「ちょっと横にならせて」と、亜紀が言った。

「あ、どうぞ……」

園部は手を向けた。亜紀は両足をソファーに上げ体を横たえた。園部は亜紀の様子を見て、そのまま気を失ってしまうのではないかと狼狽《うろた》え、今にもソファーから落ちてしまいそうな体を支えようと立ち上がった。亜紀の額から噴き出た汗が、こめかみを濡らして耳の下に流れていく。いきなりの多量の汗と、紙のように白くなった能面のような顔色に、園部は怖さを感じ、みずきに声をかけようとすると、彼がコーヒーを運んで来たところだった。焦っている園部の前にコーヒーを置くと、みずきは亜紀の前にしゃがんで顔色を確かめながら、彼の袖で汗を拭ってやり静かに言った。

「おかあさん、向こうで休んで」

みずきは園部を振り返ると、

「母は、貧血症なんです。夕べよく眠れなくて……」

そう言って、母を抱き上げ寝室に運んで行った。そのどこか慣れた仕草に、みずきが普段からそうしている様子が窺えた。体の弱い母親の世話と、母子が送ってきた二人だけの生活が、幸福とは言えない状況を作り上げてきたのではないかと、夫として父親としての責任を果たさなかった兄に対して、怒りが込み上げてくるのを感じた。真っ白な肌の病的な美しさの女性と、兄は何があって別れに至ったのか？

みずきは亜紀を寝室に寝かせると、居間に戻ってきた。

「すみません、驚かせてしまって」

「いや、とんでもない。お母様がショックを受けたのも無理はない。突然やって来てあんな報告をした私が悪いんですよ。息子さんがしっかり支えているのを見て、頭が下がります。それなのに、兄は……」

「園部さん、僕は父親の事を、母からは何も聞かされていないんです。名前も顔も。僕が生まれる前に写真も手紙も全て捨てたって聞いていて。母は忘れようとしていたのかもしれません。だから、さっき僕が父親にそっくりだって言われても信じられなかった。でも、母が『牧村和也』という名前で確信したのは分かりました。

今日は、これ以上母にその話をするのは無理だと思うので、また落ち着いたら、少しずつ話して頂けますか？」

「また来ても良いと言ってもらえるなら、喜んで伺います」

園部は会社名の他に連絡先として、自宅の電話番号を名刺の裏に書き、この家の電話番号と交換した。そして、道路に待たせておいた社用車だというベンツに乗り込み、帰って行った。

＊

園部の訪問から、亜紀の心に変化が現れた。余計に酒を浴びるわけではなく、ぼんやりと何か考え事をするようになった。亡くなった夫への喪失感と懐かしさとが入り混じったような、複雑な表情をしている。夕食も作らず、みずきが帰宅しても気が付かずに酒を飲んでいる。

　みずきはそんな亜紀から、無理やり酒を取り上げるのは逆効果なのは分かっているため、食事や温かい飲み物を作り、酒を紛らわせようとした。そして、ソファーにもたれかかった母が眠くなるまで、肩や手をマッサージしてやるのだった。

　マスター夫婦は亜紀が退院後、断酒していると聞きほっとしていた。みずきが休みの日に亜紀を連れて来て、食事がてら夫婦と会話をする事もあり、節子との関係も良くなってきた。

「亜紀ちゃんが退院してからもう半年経つんだね。去年よりずっと顔色が良いし、みずきと上手くやってるみたいで、本当に良かった」

「うん、みずきが家の事よく手伝ってくれて、どっちが親だか分かんないよ。マスターと節子おばちゃんには、ずっと心配をかけてきたもんね。みずきがいつか自分で喫茶店を開くまで、あたしも自分の食いぶちぐらいは稼がないとね」

「困った事があったら、あたし達に遠慮なく言うんだよ。亜紀ちゃんは、昔っからあたしの娘みたいなものなんだから」

「おばちゃん、有難う」

　夫婦は亜紀が和菓子工場に働きに行っている事を聞き、食材や日用品などを持たせたりして、優しく励ましてくれた。みずきはマスター夫婦にこれ以上心配をかけまいと、亜紀が時々飲酒をしている事と園部の話は黙っていた。

＊

六月、亜紀が仕事帰り、バス停前の酒屋で酒を買いに入ろうとすると、園部が車で通りかかった。亜紀は慌てて開けかけた戸を閉めた。園部は、仕事で近隣の視察のため、自ら運転をして来たと言った。亜紀に、地元の人間として観光に来てほしい場所や開発してほしい場所があったら、ドライブがてら案内してほしいと言った。亜紀は、地元の人間とは異なった雰囲気の園部に、相容れないものを感じていたが、断れずに助手席に乗った。

「息子さんは、確か二十三歳でしたか？」

「五月の終わりに二十四になりました」

「そうですか、ハナミズキの季節に生まれたから、その名前を付けたんですね？」

園部から聞かれ、亜紀は嬉しそうな顔をして言った。

「あの子が生まれる前の年に、将来男の子でも女の子でも、どちらでも、真っ白い花のように、心が綺麗で優しい人になってほしいって、願って植えたんです」

「みずき君は、その通りの青年に育ったようですね」

園部が美味しいと褒めたコーヒーの話をすると、亜紀は、みずきが働いている喫茶店が『木馬』という名で、マスター夫婦に良くしてもらっている。将来は自分で喫茶店を経営したいという夢を持っている。経済的にも苦労し、昨年大学を中退した事を話した。

「あの、和也さんの事、あの子はあまり興味がないって言うか、自分を捨てた父親の事は、今更知りたくないみたいなんです。ですから今のうちに、あの人の事、もっと教えてくれませんか？」

「ああ、それは構いませんよ。では、どこかでゆっくり……」

まだ昼食を摂っていないという亜紀に、園部はレストランで話をしようと誘った。

園部は兄、和也が大学卒業後、肺癌で亡くなるまで、赴任先のシンガポールで暮らしていた事や、幼少時の話など、亜紀の健康に差し障りがない程度に、内容を選んで淡々と話をした。

「名刺にあるように、父親の代から不動産やリゾート開発を手がけていまして、両親に長い間子供が出来なかったため、遠い親戚から兄を養子として貰い受けたんです。まあ、昔は縁戚関係からの養子は珍しい事ではなかったですから。両親は兄を後継ぎとして、本当の子供のように育てました。

ところが、三年後に私が生まれまして……。後継ぎが多い分には良い事だと思いますが、中学生になって、兄自身が養子だと知ってからは、兄の中で色々な葛藤や悩みが出てきて、両親との仲も上手くいかない事が多くなっていったんです」

牧村という苗字は、和也の生まれた時の両親のもので、戸籍上は「園部和也」であった。彼は家族と何らかの距離を置くために、大学やアルバイト先で牧村と名乗っていたのかもしれない。

しかし、東京では大手に入る企業となった「園部グループ」にとって、長男の和也の将来は約束されていた。

　二男の孝之は父親に似て、活発で積極的な性格であり、家業を継ぐのに何の遜色もなかったが、和也は大人しく優しい性格だった。絵を描くのが好きで自然を愛する、どこか現実離れした少年であった。父親の期待に逆らい、美大に入って山や海の自然に触れる事を好んだ。

　父親は孝之を経済大学に行かせ、最終的に彼を一番の後継者にしようと決めたのだった。そこで、和也には将来リゾート開発部門の管理者として、大学卒業後、海外のリゾート施設の開発を手がけるよう指示をした。

　亡くなるまで疎遠にしていたため、兄弟は殆ど会う事はなく、園部は亜紀の存在を、旅先で知り合った女友達としか捉えていなかったと言う。

　亜紀は勇気を出して聞いてみた。

「あの、和也さん、結婚は、したんですか？」

　園部はしばらく黙った後、話し始めた。

「はい、向こうに渡って長い間一人でいましたが、兄も体が弱くなり不安になったのでしょうか、三十五歳の時に、現地の女性と……。子供は二人ですが、上の子はまだ十歳でして。

　兄は現地に行ってから、誰にもあなたの事は話さなかったが、亡くなる前に妻だけに、昔、結婚の約束をした女性がいたが、親に反対されて別れてしまい、可愛そうな事をしたと言ったそうです。自分が死んだら、この写真を棺に入れてくれと……。私も両親も、その写真は見ていないんです。

兄はあの時、あなたとの子供が出来た事を知っていたら、きっと、あなたの所に戻って……」

園部は言葉を詰まらせた。亜紀は、和也が結婚し子供がいた事は大きなショックではあったが、音信不通になったもう一つの決定的な理由を、園部が知らなかった事に少しホッとした。

「園部さん、あの人の事、話して下さって有難うございました。私、そろそろ帰って夕飯の支度をしないと。六時にはみずきが帰って来ますから。あの子には、向こうに家族がいる事、折を見て私から話しておきます」

亜紀はどこか落ち着きがない様子になり、気まずそうな笑みを浮かべた。園部は亜紀の横顔と笑顔の中に、今にも壊れそうなもろさを感じていた。

「亜紀さんと会えて良かった。今度はもっと楽しい話をしましょう」

園部は亜紀を自宅まで送り届けると、車外に出て亜紀に握手を求めた。亜紀が困った顔をすると、園部は構わず両手で亜紀の手を包み込むように握ってきた。亜紀は慌てて園部から手を抜き取り、急いで家の中に入った。

亜紀は園部から和也の為人《ひととなり》を聞いて、彼女が知っている和也と重なり、あの頃の彼の姿が目の前に蘇るのを感じた。また、和也が「あの事」を秘密にしてくれていたと思うと、彼の優しさに長年の心の重荷が取れた気がした。

＊

園部は、みずきが働く『木馬』に興味を持ち、喫茶店の様子を見に行く事にした。みずきが休みだという月曜日を選び、『木馬』を訪ねた。観光客としては珍しく、高級そうな背広を着た園部の姿は人目を引いた。彼は、あの部屋と似た店内を見渡し、みずきが淹れてくれたのと同じモカを頼んだ。

「とてもいい香りだ。彼が淹れてくれたのと同じ味だ」

「あの、もしかしたら、みずきの事ですか？」

と、節子が遠慮がちに聞いた。

「ええ、実は、あのご家族と会う機会がありまして、家にお邪魔した時に御馳走になりました。この喫茶店はとても雰囲気がいいですね。高原の山荘に避暑に訪れた気分になりますよ」

園部はそう言うと名刺を取り出し、リゾート開発の案件で、八ヶ岳周辺に来ているとだけ説明した。

節子は名刺をもらい、東京の大手の取締役に褒められた事で、すっかり舞い上がってしまった。

「あの母子と知り合いだなんて、びっくりしました。本当にみずきは素直な性格で、よく働いてくれて……。母一人子一人で、小さい頃からあの子はとても苦労しましてねぇ」

と、聞かれてもいない母子の身の上話を始めそうになった。それを見たマスターは、

「余計な事を言いなさんなよ」

と釘を刺した。園部は、

「私がここに来た事は、二人には内緒にして下さい。また、お邪魔します」

と言って、店を後にした。

＊

七月になると、園部は前もって電話し、みずきが休みの日に母子を訪ねた。

「私は都内の不動産部門にいるのですが、最近、長野県内でリゾート開発の案件があって、霧ヶ峰や美ヶ原の方にも事務所を置いているんですよ。兄が大学在学中に蓼科や白樺湖を気に入ってよく旅行に来ていて。それならと、将来八ヶ岳周辺も開発の視野に入れるよう、父と話していた所です」

現在、園部の父は脳梗塞の後遺症で車椅子生活をしており、これ以上社長として陣頭指揮を執るのは難しい状況になった。そのため、近々園部が社長業を引き継ぐ事になっていると話した。

「……和也さんの最期は、安らかだったんですか？」

亜紀は和也の事で頭が一杯の様子で、話の腰を折った。

「脳に転移してからは意識が混濁して、遺言や言葉もなく。でも、最期は眠るように……」

みずきは母の様子を心配そうに見ていた。園部はこれ以上は亜紀の体調に差し支えると思い、話を変えた。

「実は、今日は別の件で相談したい事がありましてね。私の父が、お二人に会いたいと申しまして。自分の目で確かめれば、みずき君が和也の子供だと分かる。そうであれば、みずき君を園部家の家族として、もちろん亜紀さんも。お二人に出来るだけの事をしてやりたいと言っているんですよ」

園部には女の子が三人誕生したが、男の子に恵まれず、長女に婿養子を考えていた。みずきなら、ば年齢的にも合うのではないかと思った。

「もし父が認めれば、兄の遺族として、お二人に経済的な支援を含め、一生面倒を見るつもりです。一度、東京に来てみませんか？」

亜紀はそれを聞いて、この先飲酒を続ければ、長生きは出来ないと医者から言われており、せめてみずきの将来のためになるのだったらと、和也の父親や育った環境を見ておきたいと思った。

園部が帰った後、亜紀はみずきに東京に行こうと言った。

「僕はまだ半信半疑なんだ。こんな事、時間をかけて考えないと、何だか取り返しのつかない事になりそうな気がする……」

「おかあさんにはね、時間がないの。みずきと家族だと言える人がいるかもしれない。おかあさんが元気な内に、みずきに幸せになってほしいんだよ」

そう言って、亜紀はみずきの手を握った。

さようなら、東京

七月の真夏日に、二泊三日で母子は東京へ行く事となった。

園部は自宅まで車で迎えに行くと言ったが、みずきは車に酔いやすい亜紀の体調や、園部への気疲れを考え、新宿まで二人で「あずさ」で行くと伝えた。みずきは就職時に初めて買ったチャコールグレーのスーツを着て、亜紀は長い髪をアップにして、一着しかない、よそ行きの紺のアンサンブルに身を包んだ。母子は精一杯の正装姿に、

「成人式みたいだね」

と言って笑った。


園部は終点の中央線新宿駅で出迎えた。すぐ目の前の高層ホテルに二人の宿を取っており、荷物を置いた後、社用車で港区の本社に案内した。車が地下から西新宿の駅前に出ると、大勢の人の流れの中で、何組かのカップルが肩を抱き合い体を密着させながら、デパートや高層ビルが立ち並ぶ都会の風景を眺めていた。みずきは田舎では見られない光景に驚き、思わず母を見た。亜紀は不安そうな顔で両手を握って俯いていた。

車は港区の巨大な本社ビルに到着した。目の前を行き交うビジネスマンの歩く速さに圧倒され、

亜紀は慣れないパンプスで鏡のような床に滑りそうになりながら、みずきの腕にぶらさがるようにして歩いた。

二人は園部に案内され、緊張した面持ちで社長室に入った。園部の父、雄介は右半身に麻痺があり車椅子に座っていた。隣には上品ないで立ちの雄介の妻がいた。妻は、黙って亜紀を上から下まで見下ろした。雄介は挨拶をするみずきの立ち姿、物腰、顔立ち、声をしばらく観察し、亜紀と見比べながら頷いた。雄介は麻痺の残る右手を左手で揉みしだきながら、滑舌は悪いが言葉を選びながら、ゆっくりと話し始めた。

「みずき君は、私が見る限り、和也の子供に間違いない。亜紀さん、あなたは一人で立派に息子さんを育ててこられた。あなたのこれまでの苦労は計り知れないものだったに違いない。和也の父親として、今後の生活全てに於いて、出来る限りの援助をさせて頂こうと思っています」

和也の父である雄介から労わりの言葉をかけられ、亜紀は胸に熱く込み上げるものを感じた。

「みずき君は、喫茶店で働いているそうだが、どうだね？　仕事は」

「はい、すごく楽しいです。今はマスターご夫婦の元で修行中ですが、将来は独立して自分の店を持ちたいと思っています」

「仕事を楽しめるのは、とても良い事だ。亜紀さんは、何かしたい事はありますか？」

亜紀は緊張のあまり、しばらく言葉が出なかった。みずきは亜紀の膝に手を置き、落ち着かせるように顔を見た。

「あの、私も働いているので、それ以外にしたい事なんて、何もないんです。息子が好きな事をして幸せになってくれれば、それだけで……。私なんか、何の取り柄もなくて、却って息子のお荷物になってますから」

亜紀が声を震わせながら話すと、雄介は優し気に微笑んで言った。

「ご謙遜を……。あなたはまだまだ若くて美しい。人生はこれからですよ」

亜紀はそんな事を言われ、思わず恥ずかしそうに体をよじり、子供のようにはにかんだ顔で笑った。その姿が可愛く見えて、雄介と園部もつられて笑い声を上げげた。雄介の妻は、あきれたようにそっぽを向き、苦々しく溜息を吐いた。その様子から、みずきには、亜紀の無意識に男性の気を引くような些細な仕草ひとつにも、女性からの反感を買ってしまうのが垣間見れた。

「この通り、私は病気をして、体の限界で表からは身を引きますが、後は二男の孝之がこの会社を代表する事になっています。今後、あなた方の事は、全て孝之に責任を持って任せます。みずき君は、我が社の力になれる十分な能力を備えているようだ。今は喫茶店の仕事をされているが、何らかの形で園部グループでも力を発揮してもらいたい。これからは親族として、どんな事でも遠慮なく相談してほしい」

少し疲れが見え始めた雄介に、妻が耳打ちした。

「あなた、そろそろ……」

そう言って、妻は亜紀を横目でチラリと見やると、最後まで笑顔を見せずに、車椅子を押して社長室を後にした。

その後、新宿のホテルに戻り、園部の家族と顔合わせを兼ね、最上階のレストランで昼食会を開いた。三人の娘が来ており、長女大学三年生、二女高校三年生、三女高校一年生。長女の真弓《まゆみ》は大学で心理学の勉強をしているという。園部の妻は別居中のため、今日は招いていないとの事だった。園部は亜紀を気遣い、和食専門の店を選んだ。亜紀はどれから手を付けて良いやら、落ち着かない様子で、殆ど料理に口を付けようとしなかった。

「これなら食べられるでしょ？」

と、みずきがおかずを寄せたり勧めたりして母の世話を焼く姿を見て、男兄弟のいない姉妹は、珍しそうに母子の様子を観察した。亜紀が汁物の椀の蓋を開けるのに苦心していると、みずきが代わりに開けようとした。密封状態になった蓋を力を入れて回すと、いきなり外れて椀の中に入った勢いで、みずきの手に汁がかかってしまった。

「あ～もう、慣れてないから……」

と言いながら、亜紀はみずきの手をおしぼりで拭いてやった。三姉妹は思わず笑い出し、何やらこそこそと囁き合った。みずきは姉妹を見て、きまり悪そうに苦笑いした。

昼食後、園部は亜紀を誘い、妹達を帰してみずきと真弓を二人にさせようとした。

「明日、亜紀さんの体調が良ければ銀座で買い物をしましょう。今日は下のラウンジで、少しお話でもしませんか？　真弓、お前はみずき君に、若者が楽しめるような所を案内してあげなさい」

するると、みずきは彼らから少し距離を取って、亜紀にヒソヒソと話しかけた。

「勧められても、絶対にお酒を飲んじゃダメだよ。五時には必ず部屋に戻って。分かった？」

「分かってる、大丈夫だから。それにおかあさん、園部さんと色々話したい事があるから」

母の肩に手を置いて何か言い諭しているみずきの様子を、園部と真弓は不思議そうに見ていた。みずきは園部に、母が疲労で体調を崩すといけないので、五時にはホテルに帰って二人で夕食を摂ると伝えた。

真弓は、東京の街の景色を眺めたいと言うみずきを、デパートの屋上に案内した。途中、紳士服売り場や、喫茶店で働くみずきのために、海外ブランドのコーヒーカップを置いてある売り場などを紹介しながら歩いた。買い物もせずに、値段の桁数に驚いたり、珍しそうにキョロキョロして歩くみずきを見て、真弓はその都度笑ってしまった。

屋上は七月の都心の熱気で風さえも熱く感じた。スーツと長袖のワイシャツにネクタイをきっちり締めて、額に汗を掻いているみずきに、

「お爺様との面会も終わったし、上着、脱げば？」

と真弓が言うと、スーツの上着とネクタイを取り、ワイシャツのカフスを外し手首で折り返した。

「そんなにかしこまらなくてもいいのよ。もっと袖めくれば？　暑いんでしょ？　もう七月よ」

みずきは答えなかった。ポケットにネクタイを無造作に押し込み、ハンカチを持っていない事に気付くと、真弓がレースの付いた花柄のハンカチを差し出した。だがみずきは受け取らず、黙って袖で汗を拭いた。真弓はまた笑った。テイクアウトの冷たいラテを飲みながら、真弓は不在だった母親の話をした。

「父は母の事を、気が強くて仕事に口を出しすぎるって言ってるけど。母の言い分は、父の色々な事が原因で……。離婚するかもしれないって言ってた」

三百六十度に広がる建物ばかりの遥か彼方に、海と山が霞んでいる。みずきはその景色を眺めながら黙って聞いている。

「父は私達をくっつけたいみたいね。私もまだ学生だし、色々な男性と付き合ってみたいけど……。ねえ、私と付き合ってみる？」

みずきは一瞬驚いて真弓を見たが、何も答えず、大気に霞む広大な都会の街並みに、何かを探すように視線を移した。

「みずきさんて、伯父の若い頃の写真にそっくりね。父と一緒に園部グループの一員になって東京で働けば、すぐに出世も出来るし、将来は会社を任されると思うの。父はそのつもりで招待したんじゃない？　あなたのお母様も都内に住めば、今よりもっと便利な生活が送れるし」

「母は、生まれ育った土地を出るのは多分、無理だと思う。向こうに一人で置いておくのも心配だし。僕もこういう場所で暮らすのはね、田舎者だから」

「お母様、綺麗な人ね。あなたって、きっとマザコンよね。ねえ、年上と年下、どっちが好き?」

「別に……、年なんか関係ないよ」

みずきはそう言って少し笑った。

「世田谷って、どう行くの?」

「何? 急に。世田谷区だって広いのよ。電車も一本じゃないし。ほんと、田舎者ね(笑)。世田谷のどこに行きたいの? 地名とか分かれば連れてってあげるけど」

「そう?……」

真弓は、みずきの会話が途切れたり話が飛んだりして、どこかギクシャクした様子が可笑しくて仕方なかった。

「まだ緊張してるの? みずきさんて、今時珍しいくらい真面目で、ちょっとぶっきらぼうで、何だか面白い。でも、あなたの笑顔って、すごく優しいのね。

明日、世田谷じゃなくて海を見に行かない? 横浜に連れてってあげる。普段着で、半袖で来なさいよ」

みずきは時計を見て、

「今日は、有難うございました。母が部屋に戻るので」

と、杓子定規《しゃくしじょうぎ》に会釈をすると、振り返りもせずに戻って行った。真弓は肩をすくめ、呆れた顔でみずきの後姿を見送った。

＊

　みずきが亜紀に部屋に戻るようにと伝えた五時にはまだ時間があった。彼は真弓と別れると、すぐにエレベーターで地下まで降り、そのまま山手線に乗った。そして、渋谷で迷わず東急線に乗り換えた。

　みずきは、あの女性に聞いた事のある、「等々力渓谷」がある世田谷区に向かっていた。あの時、彼女と訪れた北八ヶ岳の原生林に似た、都会の中の自然のオアシス。そこは彼女の家がある駅から、幾つか電車に乗った場所にあると聞いていた。

　それだけを頼りに、みずきは渓谷の近くを通る電車に乗ったのだった。各駅停車の窓の外を、吊革に揺られながら、ひたすら眺めていた。駅の名も知らず、どうやって彼女に会えるというのか？　どこかで降りれば、渓谷まで歩く間に彼女に会えるのではないか？　それとも渓谷の川沿いを、今、彼女は散策しているのかもしれない。

　何時の間にか、通勤帰りのサラリーマンが増えていった。幾つ目かの駅で電車が止まると、大勢の乗客が座席から立ち上がってドアの方へと移動し始めた。

　その時、隣の車両との間のドアの窓に、見覚えのあるワンピースとウェーブのかかった長い髪の女性が立っているのが見えた。その姿は、一年前の夏に出会い、九月に別れた、たったふた月の思い出しかない、あの女性に間違いなかった。みずきはもどかしく人の列に続きホームに降りると、通勤ラッシュ時を迎えた都会の慌ただしさを目の当たりにした。

ホームから改札への階段を下りながら、その人は人波に抱かれるようにして消えていった。みずきは人々を押し分けて追いかける事も出来ず、流されるように改札口を抜けた。反対側のバスターミナルのある賑やかな駅前とは対照的に、道路を隔てた住宅街へと続く路地へ、人の流れが分かれていく。既にみずきは彼女を見失い、人波に押されながら歩き出した。

しかし、日暮れの迫る路地へと吸い込まれそうになり、彼は引き返そうとした。駅を振り向くと、改札を出た片隅に、人の群れの中からあの女性の姿が現れた。彼女は、駅前の道路の一方を向いて、こちらに背を向けて立っている。あのどこか寂しそうに俯いた背中は、彼の心に今も在る、彼女の姿そのものであった。

みずきは人の流れに逆らい、彼女の元へ向かおうとした。その時、脇に抱えていたスーツの上着が路上に滑り落ちた。それはすぐに行き交う人々に踏み付けられていった。みずきはそれを拾おうともせず、彼女の方へ手を伸ばすように駆け出した。今この瞬間、彼女をこの腕に捕まえ、人目も気にせずに思い切り抱き締めて、キスをしようと……。

彼女の近くまで走り寄ったその時、彼女は誰かに気付いたように顔を上げた。その横顔は彼女の前に現れた、まだあどけない顔をした十代の少年に向けられていた。何か一言交わしてから、少年は彼女の荷物を受け取った。歩き出した二人の先には一台の乗用車が停止していた。そして、車の横には、知らない中年の男性が立って二人を待っていた。みずきは立ち止まって、その光景をただ見つめるだけだった。

　彼女は自分でドアを開けると、自然な仕草で助手席に乗り込んだ。少年も続いて後部座席に乗り込んだ。それを確認すると、男性も運転席に乗り込み、住宅がひしめく都会の一角へと消えていった。

　踏み付けられたスーツの上着をそのままに、行き場のない手を力なく下ろし、人波が途切れた路上に、みずきは一人取り残されていた。

＊

　一方、園部は亜紀が宿泊するホテルのラウンジに誘い、紅茶とケーキを頼んだ。父の雄介も、みずきを和也の子供だと認めた。和也の遺産相続は昨年の内に済んでしまい、最近になって現地の妻から詳しい話を聞いたため、遅くなったが、父の言う通り、亜紀とみずきに何らかの遺産として経済的な援助をしたい。大学を中退したとは言え、みずきは経営学の勉強をしており、殆どの単位は取ってあると言う。すぐにでも園部グループの一員として迎えたい。喫茶店を持つ夢があるなら、信州のリゾート開発の仕事の一環として、八ヶ岳周辺に飲食店の展開を任せる事も出来る。亜紀にもやりたい事があれば、惜しみなく協力をすると語った。

　亜紀は、いきなりそんな夢のような話が実現するとは思えないが、息子の今までの苦労が報われるなら、みずきだけでも助けてやってほしいと、すがるような目をして言った。そして、また和也の話に戻るのであった。

「和也さんは、大学を卒業して三年経ったら、あたしと結婚しようと言って、白いドレスをプレゼントしてくれたんです。三年後、必ず迎えに来るからって、二人だけで記念写真を撮って……。あの人は、どんな想いで外国に行ったのかしら?」

園部は躊躇しながらも、まだ亜紀に伝えていなかった、和也から聞かされていた話を始めた。


学生時代、付き合っている女性との結婚を両親から反対された。しかし、三年間、シンガポールでの仕事が認められたら許可してやると言われ、その女性に三年後迎えに来ると言い残して、卒業後、現地に行ったと。

「しかし、別れた本当の理由は別にあると言うんです。彼女を幸せにする自信がなくなった。自分がいても彼女のためにならないから身を引く。全て自分が悪い。と……」

亜紀はしばらく絶句した後、呟いた。

「そんな風に……。あの人は、あたしを庇って……」

「和也は、それでもあなたを忘れられず、一年後、何度か電話したが出なかった。彼はこっそり日本に帰り、あなたの家に行ってみると、あなたが庭で赤ん坊を抱いて、知らない男性と幸せそうに過ごしていた。気が弱い兄は、その子供がその男性の子だと思い、確かめもせずに諦めてシンガポールに戻ったそうです」

亜紀は出産のため、親戚の家に身を寄せており、出産後、赤ん坊の首が座る頃に自宅に戻った。酒をやめて親戚や節子の助けを借りながら仕事にも行った。だが、寂しさから一時、仕事先で知り合った男性と付き合っていた事は言い出せなかった。

「そ、それは、あの頃はまだ親戚とも付き合いがあって、時々来てくれていましたから、それを見たのかもしれません……」

「兄とは一度その話をしただけで、それ以来仕事の話しかしてこなかったので、死ぬ間際に妻に話した事を知らなかった。まだかろうじて話が出来た時、妻に、信州に残して来た女性の子供が、もしかしたら自分の子供かもしれない。確かめずにいた事を後悔していると。その後すぐに脳に転移して、意識が混濁して話をする事も出来なくなってしまった。妻も気持ちが動転して、そういう話も忘れていたそうなんです。

兄は、和也は、どれ程亜紀さんを愛していたか……。東京の兄の部屋に残されていた日記に、あなたの名前と住所が書いてあって、それを頼りに今回訪ねてみようと思ったのです」

しかし園部は、和也が蓼科から東京に戻って来た日に、大きな怪我を負っていた事は話さなかった。亜紀が和也の怪我を知っていて、何か隠しているのではないかと思ったが、その事には今は触れないようにした。

亜紀は、本当の理由は、三年も置いていかれる事への寂しさと怒りで、酔った挙げ句、和也に怪我をさせてしまった事だと分かっていた。度重なる酒での暴言・暴力にも和也は忍耐強く我慢していた。にも関わらず、最後にボトルやグラスを投げ付け、頭と目に大怪我を負わせた事が、亜紀の最大の後悔であった。

それなのに彼は亜紀を庇い、誰にも打ち明けずに逝ってしまった……。和也に謝りたくても、今はもう、謝る事も出来ない。

詫びたい気持ちと、亜紀を訪ねて来た時に彼女の前に現れて、みずきを自分の子供だと認めてくれれば、こんな辛い思いをする事はなかったのにと、二つの思いが彼女を混乱させた。亜紀はだんだんと胸が苦しくなり、額に汗が滲み出し、指先が震えて来るのを隠せなくなった。すると、他のテーブルで、客がワイングラスを傾けているのが見えた。

「ここ、お酒、飲めるんですか？」

「ああ、辛い話をしてしまって悪かったね。よければ気分転換に少し飲みましょうか？」

園部は、本当に知らないのだろうか？　亜紀の中に疑いの気持ちが湧き起こり、問い質したい衝動に駆られた。だが、こんな所で取り乱すわけにはいかない。今はこの震えを止めなければ。

園部は、グラスの赤ワインを頼んだ。昼食を殆ど食べなかった亜紀のために、軽食も注文した。亜紀は軽食には手を付けずにワインを飲み干すと、手の震えが治まり、気持ちが落ち着くのが分かった。そして、和也の弟である園部に、和也との過去を打ち明けたくなった。

和也が去ってから二か月後、亜紀は妊娠している事が分かった。出会った頃、和也から知らされた東京の自宅という番号に電話をかけてみた。母親らしき女性が出た。

「牧村さんのお宅ですか？」

と聞くと、その女性はしばらくの沈黙の後、苗字が違うと言った。亜紀が和也の名前を告げると、

「そのような者はいない。迷惑だから、もうかけて寄こさないで」

と言って電話が切れた。さっきの社長夫人の冷淡な声の響きは、紛れもなく、あの時の女性の声と同じだった。

電話の後、亜紀は騙されたと思った。堕胎をするか、一人で死のうと考えた。和也との思い出の場所に行って死のうと車に乗ったが、追突事故を起こしてしまう。その時通りかかった、亜紀の母親と同じ職場だったマスターの妻、節子に助けられたのだった。


そこまで話すと、亜紀はアルコールの力で気分が高まるのを感じた。もっと話したくなり、ワインの追加を頼んだ。園部は少し心配になったが、彼の母親の冷酷な対応に、亜紀が諦めざるを得なかった事を考えると、亜紀の要求を受け入れるしかなかった。二杯目を飲み干すと亜紀は次第に饒舌になり、今度は言い訳を始めるのだった。

「あたしも悪いところはあったんです。だから、あたしもあの人に謝りたかったし、ずっと待ってた。みずきがあの人の子だって事は、母親のあたしが一番分かってる事だもの。

そりゃあ、寂しくて、他の男の人に頼ろうとした事もありましたよ。でもあの時代は、子供のいる女と一緒になろうなんて男、いやしませんよ。だから結婚もしないで、一人っきりで一生懸命育ててきたのに……。あの時、会いに来たなんて、嘘に決まってる」

亜紀は手を挙げ勝手にワインの追加を頼んだ。段々呂律が回らなくなり、テーブルに片肘を突いた亜紀の目が据わるのを見て、園部はみずきが気にかけていた亜紀の健康上の問題とは、酒の事だと気付いた。亜紀はワイングラスを遠ざけようとする園部に悪態をつき始めた。

「あなたも和也の味方なんでしょ？　あたしがどんなに落ちぶれているか見に来たんだ。憐れんで、面白がって、あたしからみずきを奪い取ろうとしてるんでしょ？　あの人の血の繋がったみずきだけが欲しいんだ。そして最後にあたしをお払い箱にする気なんだよ」

「亜紀さん、落ち着いて。私はそんなんじゃない。あなた方を幸せにしたいんだけなんだよ」

「うるさい！　不幸者呼ばわりして。あたしはねえ、みずきがいれば幸せなんだよ。あたしの子供なんだから誰にも渡さない。みずきをあたしから取らないで！」

亜紀は、なだめようと背中に手を回した園部を振り切り、青ざめた顔で立ち上がった。その瞬間、慣れないパンプスでよろめき、床に倒れてしまった。彼女は気絶しているように見えた。園部は救急車を呼ぼうかと思ったが、自分が飲ませた事に躊躇した。間もなく亜紀が意識を取り戻したため、フロントスタッフに車椅子を準備してもらい、亜紀の部屋にスタッフと共に運び込んだ。そして、親戚の医者に電話して直接来てもらおうと思った。

亜紀をベッドに移そうとすると、彼女は嘔吐してしまう。慌てて園部が電話をしていると、みずきが帰って来た。

「すまない、亜紀さんがどうしてもワインを飲みたいと言うものだから。それから止まらなくなってしまって。今、医者を呼ぼうと……」

みずきは亜紀の様子を見て、冷静に言った。

「大丈夫ですから。僕も帰って来るのが遅くなってしまって、ご迷惑をおかけしました。後は僕がやりますから」

園部やスタッフに詫びると、部屋を出て行ってもらった。

みずきは亜紀を洗面台でうがいをさせ、顔や体の汚れを拭いた。それからホテルのガウンに着替えさせた後、水を飲ませ、ベッドに寝かせた。亜紀はぼんやりと目を開けたが、そのままぐったりと眠り込んだ。

亜紀の状態が落ち着いた後、心配し訪ねてきた園部と、みずきはロビーで話をした。園部は、亜紀がアル中ではないかと問い質したが、みずきは言葉を濁した。

「亜紀さんがあんな風になる事を、何故、最初に説明してくれなかったのか？」

と、みずきに迫った。

「お酒の事を言わなかった僕が悪いんです。母は今まで、父の事を必死に忘れようとしてきたんです。でも、父の話を聞いて色々思い出す内に、心の整理がつかなくなって……。これ以上母を刺激したくない。今回の話はなかった事にして下さい。明日はどこにも行かずに帰ります」

そう言って、みずきは頭を下げた。

「みずき君、だからと言って私は諦めたわけじゃないよ。こんな事で君達と縁を切ろうなんて思ってはいない。むしろ、亜紀さんの酒の状態が病気だとしたら治してあげたい。それが、兄が君達を捨てた事への償《つぐな》いだと思っている」


その夜、亜紀は何度か目覚めた。園部とラウンジでワインを飲み、和也の話をしている内に記憶をなくし、その後の事は覚えていなかった。

「みずき、おかあさん、また何かやらかしちゃったんだね。相当な迷惑をかけたんじゃない？どうしよう、園部さん怒ってるだろうね」

「気にしなくていいから……、明日の朝、すぐに帰るからね」

みずきは隣のベッドで背を向けて寝たまま、かすれた声で答えた。亜紀は、

「おかあさんね、あの家で一人で暮らすから、みずきは園部さんの会社に入って、お金に困らない、人並みの生活をしてほしい……」

と、消え入りそうな声で言った。

翌朝みずきは、亜紀がぼんやりした顔で、いつまでもベッドに胡坐《あぐら》をかいて座っているのを見兼ね、浴室に連れて行き、裸にして湯を張った浴槽の中に座らせた。その中でシャンプーし、体を洗ってやった。

「自分で出来るよ」

とむくれる母に、

「ここで眠っちゃったら本当に死んじゃうよ」

と言って、さっさと済ませ身体を拭いてやり、着替えの服を渡した。

「ルームサービスを頼んであるから、少しでも食べてよ。朝食が済んだら、すぐに新宿駅であずさに乗るから」

と言って、彼も急いでシャワーを浴びに行った。亜紀は、裸になった息子の背中を、何年も見ていなかった。というより、見ようとしてこなかった。今、彼女はそれを目の当たりにして、何という酷い仕打ちをしてきたのか……。

今更ながら打ちのめされた気持ちになり、バスタオルを巻いたまま、洗面台の鏡に恐る恐る自分の顔を映し出した。彼女はその、むくんでやつれた頬を両手で覆い、顔を背けた。そして窓辺に行き、レースのカーテンを少し開けた。

三十五階のホテルの部屋から、十代の時、友達と遊びに来た事のある、西新宿の街並みが見える。あの頃は、高層ビルがまだ数える程しかなかった。今では無数のビルやホテルの建築が進み、地位も金も何も持たない人間の存在など、蟻のように押し潰してしまいそうに、鉄の造形物が群がっている。亜紀は怖くなり、カーテンを閉めた。

園部は昨日の顛末を思い起こさせまいとして見送りに来なかったが、すぐ目と鼻の先にある新宿駅まで車で送るよう、部下に指示を出してあった。

帰りのあずさの中で、亜紀は向かいの座席に両足を投げ出し、みずきにもたれて眠っていた。みずきはカーディガンを母の脚に掛けてやり、東京から遠ざかる景色を眺めていた。母の世話でバタバタと過ごした事が皮肉にも、みずきがあの人に駆け寄ろうとした行為が蘇るのを紛らわせてくれたのだった。

東急線の駅で目撃した璃世と家族。三人は笑ってはいなかったが、無言でも分かり合える、ごく普通の家族に見えた。璃世の心が不安定な事以外、不幸と感じられるものなど、何もないかのように思えた。あの日々の出来事は、彼女が気付いていない幸せな波動を、ほんの少し、彼に分け与えてくれただけなのかもしれない。

都会の上級な生活から弾かれるように、母子は信州の静かな山の家に帰り着いた。

＊

園部が自宅に戻ると、彼の母から電話があった。

「孝之、気が付いた？　あの亜紀さんて方の事……」

「ああ、慣れない場所でいきなり面会だったから、かなり緊張していたと思います」

「そうじゃなくて、あの人の目つきとか、表情とか。あれは、アルコールでやつれた顔だと思うわ」

「何故、そんな事が分かるんですか？」

園部は母の鋭い指摘に狼狽えた。

「私のお友達にもいたのよ。いわゆるキッチンドランカーでね。入退院を繰り返して、ご主人が通院や自助グループに連れて行ったり、本人に強い意思がなければやめられないんですって。そのために子供達も家を出て、家族がバラバラに……」

「……」

「孝之、聞いてるの？　息子さんはしっかりした感じだけど、あの母親にはあまり深入りしない方がいいと思うの。お父様には黙っておくけど、忠告として聞いておいて」

「分かりました。ただ、これは和也が残していった、彼の問題でもあるんですよ。彼が残したもう一つの家族を、何らかの形で援助するのが、弟としての私の役目であるように思っています」

「和也の後始末って事？　それはそれとして、あなたは自分の妻の事だって解決してないのよ。実家に帰ったままなんでしょ？　子供達を引き取りたいって言ってたわ。女の子だから後継ぎとしては考えていないんでしょうけど、でもあのみずきさんて子は」

「お母さん、私は後継ぎのためだけに彼を引っ張ろうとしたんじゃないんですよ。せめて兄の代わりに、あの母子に償いを……」

「また始まった。何でも自分の考えが一番だと思って。あなたの女性に対して弱い所が、あなたの家庭を壊そうとしているって事を忘れないで。自分の家族の事を第一に考えなさい」

孝之の母は、彼が女性に対して惚れ込みやすく、家庭を顧みてこなかった事で、妻との別居に至った経緯を知っていて、今回も忠告をしてきたのだった。

孤独という癒し

昨日、等々力渓谷を散策した後、璃世は東急線の最寄り駅で、夫と息子と待ち合わせをした。夫は来月から長期出張のため、家族最後の外食をしたのだった。

中学三年の聡は来年、北海道の全寮制の高校を受験し、家を出ると言う。

「僕には家を離れて一人で暮らす事が必要なんだ。かあさんも、自分の力を信じて、自分の道を歩いてほしい」

と言った。母を「かあさん」と呼び、いつの間にか一人息子は、自ら大人になっていった。夫は来月から三年間、東海地方に長期出張があり、璃世に一緒に行くかと聞いたが、彼女は断った。夫は少しほっとした顔をした。彼も妻の重圧から解かれたいと思っていたのだろう。

夫への浮気の疑いなど、もうどうでも良かった。璃世にとって、みずきとの日々が必要であったように……。夫婦の間に独占欲も依存心も無意味であると知らされた。璃世は若い時のように、独立した自由な女性として生きるため、仕事をしたいと思うようになった。

みずきという青年と、たった一夜愛し合った事が、璃世の中の「愛情」と「母性」を思い出させ、死への妄想を諦めさせた。今、彼女に残された治療は、再び一人になる事だけであった。

許されぬ秘密

八月になり、園部は『木馬』を訪れた。節子が昔から母子の面倒を見て来た事から、亜紀のアルコールに関して、詳しい話を聞き出せるのではないかと思ったからだ。

節子は、園部から東京での一部始終を聞き、マスターの顔色を窺いながら、最初は口ごもっていた。しかし、園部に亜紀を助けたいと押し切られ、経緯を話し始めた。

亜紀は和也から三年後に結婚しようと言われ別れた。和也が去って二か月後、妊娠している事が分かり、和也の残した電話番号に掛けたが、彼の母親に拒絶された。そこまでは、亜紀の告白通りであった。

「亜紀ちゃんは、お父さんが子供の頃、交通事故で亡くなって、あの子も一人っ子で母子家庭で育ったんです。そもそも、あの子の母親がアル中でね。今と同じ環境だった。でも、母親は大酒飲んでも暴れたり、周りに迷惑をかけるような事はしなくて、夫を亡くした寂しさを忘れるために、ひたすら飲むだけだった。挙げ句に、肝臓と膵臓を壊して、亜紀ちゃんが十八歳の時に亡くなったんですよ。ところが、あの子は親と違って、飲むと乱暴になったり暴れたり、本当に酒癖が悪くてねえ」

「亜紀さんは、節子さんの助けを借りながら、一人でみずき君を育てたと仰ってましたね」

「そんな綺麗事じゃないですよ。妊娠してるのに酒をやめないで、死ぬと言ったり自暴自棄になって、それはもう大変だったんですよ。悪阻《つわり》も酷くて、とても一人で産める状態じゃなかった。母親は東北の人で、実家の親戚とは疎遠になってたけど、その時はまだ、県内の父方の親戚とは交流があって、彼女を引き取って出産の面倒を見てくれたんです。とにかく、皆で酒をやめさせようとした。みずきと自宅に戻った後は、和也さんはそれっきり二度と来る事はなかった……」

「奥さんは、和也と会った事があるのですか？」

節子は、紳士的な物言いの園部に気を許し、二人のためと言われ話し続けた。

「ええ、亜紀ちゃんは蓼科のスナックに勤めていて、そこに客として来た和也さんと出逢ったんです。それまで酒と男関係で、しょっちゅう問題を起こしてたけど、和也さんと付き合ってからはお酒もセーブして、浮気もしないで彼一筋だった。和也さんはスラっとした品の良い、とっても優しい人でしたよ。こんないい人と一緒になれば、亜紀ちゃんも幸せになれるねって、応援していたんです。みずきは大きくなるに連れて、見た目も性格もどんどんあの人に似てきて。あんな別れ方さえしなきゃ、今頃は……」

「あんな、と言うのは、兄が両親に結婚を反対されて、という事なんですね」

「それもありますけど。やっぱりあの事がね……」

カウンターのマスターが見兼ねて口を挟んだ。

「混んできたから、こっちも頼むよ」

「あらまあ、ごめんなさい、もうこんな時間。どうぞ、ごゆっくり」

節子はそう言って厨房に戻った。マスターは、母子の事を何かと探っている様子の園部に警戒心を抱いていた。

園部が店を出ると、まだ言い足りない様子で節子も出て来た。園部は駐車場で立ち話をしながら、詳しい話を聞き出そうとした。

「亜紀ちゃんは、一人ではお酒をやめられなくなってしまったんです。私がやめるように厳しく言ってきたせいか、あの母子は相談もしてくれなくなって。みずきが母親に甘くて、好きなように飲ませる内に、こうなってしまったんです。それで昨年、私達が説得して県内の精神病院に入院させてお酒を抜いたんです。退院してから今年の春頃までは落ち着いてたようですけど、やっぱり我慢出来なくなってしまったんですね……。病院が遠いから通院も大変だし」

「みずき君は子供の頃から、酒浸りの親の元で」

「そうですよ、母親から何をされても黙って耐えてきたんですから」

「何を……されたんですか？」

「和也さんにも、みずきにも、どうしてあんな事を」

節子は遂に和也の怪我が、亜紀の酒による暴力だった事を打ち明けた。

「そうですか……。実は、兄が東京に戻った時、頭と目に怪我をしていまして、この間亜紀さんの酒の様子を見て、多分そういう事ではないかと思いました。彼女は和也に謝りたい事があると言って」

「亜紀ちゃんは、みずきが大きくなるにつれて和也さんに似てくるのが彼を思い出させて、余計辛くて、それでみずきにも酔ってあんな事を。あの子の体は傷だらけなんです。お願い、あの二人を助けてやって下さい」

節子は気持ちが昂り泣き出してしまった。園部は節子に、口留めの代わりに『木馬』の改築など、相談してくれれば、どんな事でも協力すると話した。そして、真弓から聞いた話を思い出した。

「パパ、あの母子、マザコンみたいだけど、ちょっと普通じゃないわね。

みずきさんて少し変わってる。秘密主義みたいに、自分の事何も話してくれないのよ。真夏日なのにワイシャツの袖も捲らないで、汗だくのくせに。

でも、彼の笑顔、すごく綺麗で優しい。なのに、どこか悲しそう。儚《はかな》いっていうか、守ってあげたくなるような……」

「お前は、心理学の勉強のしすぎだな。一目ぼれしたのか？」

「私の事より、パパ、彼のお母様だけは駄目よ、絶対に！　ママは待ってるのよ。会いに行ってあげて！」

＊

園部は親戚の医者に相談に行った。医者は亜紀の症状を聞いて、アルコール中毒症（今はアルコール依存症とも言われる）に違いないと言った。地方には専門病院はまだ殆どないが、都内や近郊では、アルコール専門外来や病棟も多い。断酒のための自助グループも複数ある。自分でやめる意思が弱ければ入院して断酒するか、通院して薬を処方してもらうなど、医療が関わらないと、いずれ心身を壊して寿命を短くしてしまうという話だった。

園部は意を決して、みずきが休みの日、連絡なしに母子の家を訪ねた。

みずきは半袖のTシャツ姿で畑の野菜の収穫をしていた。園部がいきなり庭に車を乗り入れるのを見て驚いた顔をした。園部が降りてくると、みずきは首にかけていたタオルを両肩に広げ、腕を隠そうとした。

「来る時は前もって電話をもらう約束でしたよね」

みずきが言うと、園部は険しい顔つきで黙って近づいて来た。

「亜紀さんもいるのですか？」

「母は、あれから体調が優れなくて、仕事も休みがちなんです。今、眠っているので……」

と、園部を亜紀に会わせたくない様子だった。

「この間の事で、僕は亜紀さんが酒の事で苦しんでいるのを知った。和也の弟として、君には本当の父親のような気持ちで、ある提案をしたいんだ」

「母の事なら、もういいんです」

園部は構わず、親戚の医者から聞いた話を持ちかけた。

「この地方では専門外来もないし通院も大変だろう。私の親戚には医者の一族もいる。東京の専門病院を紹介してもらって、私が向こうで亜紀さんの世話を引き受けてもいい。実は、別居している妻とはそのうち離婚しようと思っている。そしたら、亜紀さんと君のために都内に家を借りてあげよう。そうだ、この家も随分古いから建て替えて……」

みずきは饒舌に語る園部の言葉を遮って言った。

「母は、東京の街を見て怖がっていました。知らない土地へは行きたくないと。僕も同じです。母の事は、僕が一生支えていくつもりです。だからもう、僕達には関わらないでほしいんです」

園部は申し出を拒否されて腹立たしくなり、強い口調で詰め寄った。

「君のそんな頑なな気持ちが、亜紀さんの病状を悪化させているんだ。自分しか守れないと。そういうのを共依存と言うんだよ。君の愛情が母親の治療を遅らせているんだ。君は彼女から離れて、自分の幸せを選べばいいんだよ！」

みずきは初めて怒りを顔に表し、園部の胸倉を掴もうとした。みずきより高い背丈でがっしりした体格の園部は、一瞬でみずきの左腕を後ろに捩じり上げた。みずきは身動きが取れず、その場にしゃがみ込んでしまった。みずきの腕を隠していたタオルが外れ、Tシャツの裾が捲れ上がった。園部がTシャツの裾を引っ張り上げると、みずきの腕や背中の傷が露わになった。

「悪いが、私は柔道五段でね」

園部はみずきを組み伏せたまま聞いた。

「これは、母親から受けたのか？」

みずきは黙っている。園部は彼の腕を掴んで立ち上がらせると裾を直してやり、膝の土を払ってやった。そして父親のように落ち着いた口調で言った。

「本当だとしたら、これは虐待だ。こんな歪んだ親子関係を続けていてはいけない。このまま二人だけでいれば、お互いに駄目になってしまうぞ。私が君の父親だったら、母親にこんな無責任な事はさせないよ」

「あなただって、牧村和也を利用して母を独占しようとしている。あなたは自分の妻をほったらかしにして、他の女を追いかけ回しているようにしか見えない。無責任なのはあなたの方だ！」

「……みずき君、正直に言うと、私はいつの間にか、亜紀さんを好きになってしまっていたようだ。最初は義理の弟として、兄がした事の罪滅ぼしをと思っていた。しかし、今はただ、あの人を守りたい。何故ここまで惚れ込んでしまったのか、不思議な気持ちにさせられてしまうんだよ。

彼女は酒のせいで、兄との別れ際に大怪我をさせた事や、幼い頃から君を傷付けてきた事を後悔して、ずっと自分を責めてきた。彼女は君といる事で、却って苦しみから逃れられないんじゃないのか？」

「母は酒を飲まなければ、明るくて可愛くて、すごく優しい僕の自慢の人なんだ。男達は寄ってたかって母を弄《もてあそ》んで、利用して、挙げ句の果てに捨てていった。牧村和也だってそうじゃないか。母と僕を捨てて外国で結婚して、そこには、僕と血の繋がった兄弟が……。

　あの人は、本当の家族に看取られながら死んでいった。でも母は、親戚にも見捨てられて、今は僕だけが家族なんだ。どんなに努力しても、アルコール依存症は誰かが一緒にいてやらないと、寂しくて、苦しくて、いつか心も体も壊れて死んでしまうかも分からない。そういう病気なんですよ。自分の力ではどうにもならない……。あなたに、仕事をしながら四六時中、一緒にいて母を守ってやれますか？　病院に入れれば、手術した傷と同じように治るとでも思っているんですか？」

　目じりに溜まった涙が零れないように、歯を食いしばりながら訴えるみずきに、園部はもう返す言葉が見つからなかった。最後にみずきは言った。

「あなたが現れてから、母はまた心が乱れて、毎日酒を飲むようになった。必死になって我慢して、せっかく落ち着いていたのに……」

　僅かに開いている縁側のガラス戸の中から、亜紀の声が聞こえた。

「みずき？　誰か来たの？」

　園部は声のするガラス戸を見たが、何も言わず帰って行った。

＊

数日後、みずきが来客の対応をしていると、一人の女性客が入って来た。真弓だった。みずきが驚きながら席に案内すると、真弓はみずきの様子に、可笑しそうに席に着いた。

「父の会社が美ヶ原高原にホテルを建てたから、夏休みの間に泊まってみようと思って。ビーナスラインをドライブしながら行くのが楽しみだったの。父が、ここのモカが美味しいって前に言ってたから、みずきさんが淹れたのを飲んでみたくて。父には内緒でね」

カウンターにいたマスターはそれを聞くと、気を利かせてみずきと入れ替わった。厨房から出て来た節子が二人を見て、園部の娘だとは気付かず、みずきにガールフレンドが出来たのだと早合点し、喜んで挨拶をした。みずきはその後、黙ってモカを淹れた。真弓がコーヒーを飲んでいる間、みずきは休憩時間になり、外に煙草を吸いに行ってしまった。

「あの子ったら、せっかく彼女が来たのに話もしないで、愛想がないねえ」

節子があきれてマスターに耳打ちした。

「だから、彼女じゃないんだろ?」

真弓はモカを飲み終わると外に出て、みずきの所に来た。

「いきなり来ちゃって、怒ってる?」

みずきは首を横に振り、木の柵に腕をかけた。真弓も並んで柵に手を置いた。

「この前、黙って帰ってしまって、ごめん」

「私こそ、マザコンなんて言って、ごめんなさい」

「そんな事忘れてたよ。園部さん……、何か言ってた？」

「ううん、父とはみずきさんが来た日に久し振りに会ったの。父は仕事ばかりで、親子なのにめったに会わないから、会話なんて殆どないの。母も実家に帰ったまま。父は、母の気持ちなんて知ろうともしない。家族なんて上辺だけ……」

園部が頻繁にみずきの家に行っている事と、ラウンジでの亜紀の騒動を、真弓は知らない様子だった。

「私、心理学の勉強してるって言ったけど、机の上だけで、人の心の痛みなんか何も分かっていないのよね。分かったつもりでいただけ」

二人はしばらく山並みを眺めた。

「私ね、ボーイフレンドはいるのよ。でも正直、心から愛し合うってよく分からない。もしも愛する人が、何かとても悩んで、苦しんでいたとしたら、どうする？」

みずきは少し考えてから、話し始めた。

「例えば、山の奥深くに、傷ついた二匹の小さな野生動物がいて、瀕死の雄と雌は、何もない山の中で体を寄せ合い、さらけ出した互いの傷をひたすら舐め合う。言葉を持たない代わりに、心で寄り添い癒し合う。ただそれだけ……」

真弓は聞きながら眼下に広がる谷の深さを眺めていた。しばらくの沈黙の後、

「和也伯父さんは、お爺様が社員を容赦なくクビにしたり、意見する部下を左遷したりして、管

理職の残酷な部分を見ていたから、離れていたかったのかもしれない……」

そう言うと、みずきを向いて笑顔になった。

「都会のビジネスマンの作り笑いより、山の自然に溶け込んだ笑顔の方が、みずきさんらしくて好き。コーヒー美味しかった！」

真弓は右手を差し出した。みずきが長袖のワイシャツを着ている事など、今は気にも留めていない様子であった。二人は若者らしい明るい笑顔で、握手をしながら手を揺らした。

真弓は、彼女が乗ってきた車に戻りながら言った。

「あと一年半、ちゃんと勉強して大学を卒業したら、彼氏と二人で来るかもよ。私の素敵なお兄様？　じゃ、またね」

みずきも「またね」と言って、車が見えなくなるまで手を振って見送った。

＊

園部は、みずきが出勤の間に、電話もせずに亜紀を訪ねた。車から降りて家の様子を見ていると、亜紀がパートから帰ってきた。亜紀は園部を見ると、布製のバッグに入れた酒の瓶を見られないよう、急いで後ろ手に隠した。

「あの、あたし、東京での事、何てお詫びしていいか……」

「亜紀さん、謝る必要はないですよ。ただ、本当の事を話してほしい。あなたの今後の事を一緒に考えたいんだ」

　亜紀は、園部の鬼気迫る表情に一瞬後ずさりした。部屋に園部を通すと、雲が覆い始め夕立の気配がしたが、亜紀は縁側のガラス戸を大きく開けた。

「今、コーヒーを淹れますから、庭でも眺めてて下さい」

「あなたも、サイフォンを使うんですか？」

「ええ、息子に教わって、見よう見真似ですけど」

　亜紀は台所で一人になると、胸の動悸を抑えるため、買ってきた日本酒の小瓶を一気に飲み干した。少し落ち着き、サイフォンの準備をしていると、トタン屋根に雨粒が落ちる音が響いた。強く降り出した雨が縁側に入り込んできたため、亜紀は仕方なくガラス戸を閉めに行った。

「一時間程前には、晴れ間が覗いていたんですがね」

「山の天気はすぐ変わるから」

　建て付けの悪い引き戸を閉めるのに手間取っていると、園部が背後から手伝い戸を閉めた。そして、亜紀の顔に彼の顔を近づけると酒の匂いがした。園部は後ろから彼女の肩に手をやり、

「酒を、やめられないんでしょう？」

　と言って抱き締めようとした。亜紀は咄嗟に園部の腕をすり抜けると、逃げるためにまたガラス戸を開けようとしたが、湿気ってレールに引っかかった木枠の戸を開ける事が出来ず、園部の手を払い除け台所に走り込んだ。さっき空にした日本酒の空き瓶が流しの中に転がっていた。園

部は追って来ると、瓶を隠そうとしている亜紀の手からそれを奪い取った。亜紀は、迫って来る園部の大きな体と、彼女を凝視する目の色に恐怖を感じ、咄嗟に床に這いつくばり、両手を付いて頭を伏せた。

「あたし、謝らなければならない事があるんです。あの人があたしから逃げ出した本当の理由は……、あたしが酒乱で、彼に大怪我をさせたから。一人になるのが寂しくて、三年も待ち切れなくて、お酒に酔って死ぬほど彼を殴った。ごめんなさい！　ごめんなさい！　許して下さい……」

園部は床に膝を突き、ひれ伏す亜紀を抱き起こすと、小柄な彼女を身動き出来ない程強い力で抱き締めた。

「あなたは十分苦しんできた。逃げ出した兄が弱かっただけだ。こんなに可愛い人を捨てるなんて。これからは私があなたを守る。みずき君では無理だ。彼から離れて、私と東京で良い治療を受けよう。私がきっと治してやるから。私はあなたの事を愛しているんだよ。妻とは別れるつもりだ。私と一緒になってくれ」

園部の力に抗《あらが》い切れず、亜紀が体を委ねそうになった時、部屋の電話が鳴った。いつまでも鳴り続けるため、やむなく園部が亜紀を離すと、亜紀はすがり付くように受話器を取った。

「おかあさん？　みずきだけど、寝てたの？」

「……ううん」

「今、雨が強くなって来たけど、戸締まりした？」

「さっき、閉めた……」

「どうかした？　飲んでるの？」

「違うの。ねえ、早く帰って来て。お願いだから！」

「……分かった。マスターに断って、これから見に行くから」

亜紀はみずきが電話を切った後も、受話器を握り締めながら震えていた。園部は、

「私があなたを愛している事は嘘じゃない。あなたを守れるのは、もう私しかいないんだ。何とかしてみずき君を説得するから、東京へ行く準備をしておいてくれ」

そう言い残し、園部は帰って行った。亜紀は最後まで園部に体を許す事は出来なかった。

＊

その日から亜紀は、常に何かに怯えた様子を見せるようになった。みずきがいない間は酒を飲まずにいられなくなり、和菓子工場の仕事も休むようになった。みずきが出かけると朝から雨戸を閉め、家中の鍵を掛けて、食事を殆ど摂らずに酒を飲み、深刻な摂食障害を起こしていた。元々胃に障り吐き気を催す断酒薬や睡眠剤も受け付けず、不安や不眠を酒でしか解消出来なくなっていた。

みずきは、もう一度丘の上の病院に入院して断酒しようと話した。

「入院中に、みずきがあたしを捨てて、どこかへ行ってしまうんじゃないかって思ってしまうの。

でも、園部さんに連れてかれて、東京の病院に入院したら、二度と帰って来れないような気がする。そう思うと、怖くて怖くて……」

「僕がいない間に、園部さん来てるの？」

亜紀は答えなかった。

「僕は東京には行かないと決めた。だから、おかあさんも行かなくていい。これからもこの家で一緒に暮らそう。二人っきりの家族なんだもの。そんなに入院が怖いなら、三日でも一週間でも、お酒をやめてみようよ。前は出来たんだから」

「うん、もう一度やってみる。みずきに捨てられたら、おかあさん死ぬしかないから……」

みずきは、亜紀の恐れの原因は、園部の事だと分かっていた。

＊

亜紀は再び酒をやめようと決意し、隠しておいた酒を自ら捨てた。離脱症状は強く、夜になる程発汗と体の震えや貧血症状が強くなっていった。幻聴・幻覚が頻繁に現れ、真夜中に外に出て行き、誰かに呼びかける。縁側から転落する恐れがあるため、九月になっても残暑で寝苦しい夜に、みずきは雨戸やガラス戸に錠を掛けた。亜紀はイライラが募ると、発作的に包丁を持ち出そうとする時があった。

ある晩、仕事の帰り、事故による交通渋滞でみずきの帰りが遅くなった時、部屋の中が真っ暗で亜紀の姿が見えなかった。みずきが家の中を探し回ると、亜紀は台所の茶箪笥の影にしゃがみ込んで、包丁を握り締めて震えていた。みずきの姿が園部に見えたのか、

「あたしはどこへも行かない。帰れ！　帰れ！」

と叫んで、みずきを目がけて包丁を投げ付けてきた。それから、みずきは自分が使う時以外、刃物全てを隠した。

みずきは喜美子に電話をして、しばらく仕事を休ませてほしいと頼んだ。喜美子は既に、仕事中にも出る亜紀の震えなどの症状を知っており、体を治す事を一番に考えて、良くなったらまた仕事に来れば良いと言ってくれた。

園部の家に電話をすると真弓の妹が出た。園部は仕事で最近は殆ど家に帰って来ないとの事だった。

「もう二度と母の所に来ないでほしいと伝えて下さい。そう言えば分かります」

と、それだけ言った。

しかし、亜紀の断酒は三日と保たなかった。もう少しで酒が抜けて体が楽になる事は分かっているのに、園部が来るのを恐れ、みずきが出かけた後、薄暗い部屋の中で一日中ソファーベッドに寝転がり、まだ隠してあった酒を飲んだ。外に出るのが怖いため、遠方の酒屋に電話して配達してもらう始末であった。

それでも、みずきはそんな母を叱らずに、あちこちから探し出しては黙って酒を捨てた。昼間は閉じこもり、夜中になると外に出ようとしたり、凶器を探して暴れる亜紀を、押さえたりなだめたりの繰り返しで、みずきは殆ど眠れない日々を送っていた。マスターは、笑顔が減って疲労が増していく彼の姿を見て、亜紀が不安定な状況に陥っている事に、園部が関わっているのではないかと感じ取っていた。

マスターは節子がいない時を見計らい、みずきと話をした。みずきは正直に、園部との事や亜紀の状態をマスターに打ち明けた。

「あの園部という男は、前にも店に来て何か探ろうとしているようだった。みずきがいない間に家にも行ってるんじゃないのか？　亜紀さんがそんなに怯えているなら、却って入院した方が良いと思う。しかし、本人が了解しないと強制出来ないからな」

「僕も母を説得しているんですが。入院をすごく怖がって……」

「去年の入院の前に、役場や保健所に相談に行った時、親身になってくれた人がいたから、今度も来てもらって、一緒に亜紀さんに話してみねえか？　もし、またあの男が来たら、俺からこっぴどく言ってやる」

「ありがとうございます。マスターの方が、よっぽど本当のお父さんみたいだ……」

みずきは一度も夫婦に涙を見せた事がなかった。彼はマスターに背を向けると、汗を拭く振りをして目元を拭った。

マスターはさっそく手を尽くし、明後日、保健師と共に、母子の自宅を訪ねる約束を取り付けた。

最期の愛

今夜も古いレコードを聴きながら、亜紀が眠りに就いたのを確かめると、幻聴・幻覚が激しくなってから一緒に寝ているソファーベッドで、みずきは寝返りを打って目を閉じた。

幼い頃、母は薄暗くなった家に帰って来ると、一人で待っていた彼を「愛してる」と言ってはギュッと抱き締め、ほっぺたにキスをしてくれた。夜、母にしがみ付くようにして眠るのが彼の安心感だった。そして、母が酔う度に、父への憎しみの感情を彼の体に刻む、その痛みに耐える事が、少年にとって母から捨てられない唯一の方法であった。

さっき眠り始めたと思った亜紀が、いつの間にかガラス戸の鍵を開けようと、荒々しく錠を回している音に、みずきはまた起こされた。裸足のまま外へ飛び降りようとする亜紀を、もうどうなろうと、放っておきたかった。

しかし、戸を開ける音がすると、みずきは疲れ切った体を起こし、亜紀を後ろから抱きかかえ、ソファーまで引きずっていくのだった。亜紀は、

「死のうよって、声が聞こえる。血だらけになったあの人が、一緒に死ぬからおいでって呼んでる。行かなきゃ、離して。離せったら！」

と叫びながら、みずきの腕に噛み付いたり、彼の顔を引っ掻いたりした。ソファーに寝かせると手足をバタつかせ、みずきの髪を両手で掴み、思い切り引っ張った。猟奇的な力の強さに、みずきの頭皮に彼女の爪が突き刺さった。みずきは亜紀の身体に馬乗りになり、彼女の指を一本ずつ剥がして行った。

「お前はいつもあたしの邪魔をして。そんなにあたしが憎けりゃ殺せばいいだろ！　あたしもお前を殺してやる！　お前のせいで、あたしはこんなになっちまったんだ。お前なんか産まなきゃ良かった。お前なんかいなきゃいいのに！」

その瞬間、みずきの中に、激しい衝動が湧き起こった。

みずきは、亜紀の手首が今にも折れそうな程に力を入れて掴んだ。亜紀は奇声に近い悲鳴を上げた。みずきは亜紀に跨《また》がったまま、彼の両手を彼女の胸から上へと這わせていった。そして、彼女の細い首に彼の両手を絡ませ、締め付けていった。亜紀はみずきの腕に爪を食い込ませ、その皮膚が剥ける程に抵抗したが、徐々に呼吸が浅くなり、手が離れて行った。その時、みずきは自分の指が母の喉を抑えている事に気付いた。母を見ると、半開きの目が薄っすらと笑っているように見えた。思わず手を離すと、母は彼の手を探して彼女の首に戻すような仕草をした。

みずきは母の手を彼の首に持っていき、彼の手を重ね、母の親指と共に自分の喉を深く押していった。苦しさはすぐに通り越していくような気がした。

みずきは心の中で、

（おかあさん、ここで、僕と一緒に……）

と語りかけた。そしてもう一度、彼は母の首に両手を絡め、指に力を込めた。しばらくすると、

（みずき、どうした？）

と、いつもの口癖で息子の名を呼び、気遣う優しい母の声が、どこからともなく聞こえてきた。

みずきは声の方に振り向こうとして両手を緩めた。母の手は既に彼の首から滑り落ち、彼女の両脇に置かれていた。その手首には、みずきが掴んだ指の痕が赤く残っていた。みずきは剥けた皮膚から血が滲む痛みすら感じずに、気を失うように母の傍らに倒れ込んだ。彼は呆然として暗い天井を見つめ続けた。

（いつか、こんな日が来たら、共に死のうと考えていた）

ずっと前から思い描いていた情景が、今、目の前にあった。


彼の中の衝撃が去った後、隣を見ると、死んだように動かない母が横たわっていた。みずきは、母の顔に彼の顔をくっつけて呼吸の音を聞き、彼女の左の胸に手を当て、心臓の鼓動が掌に伝わってくるのを確かめた。母が幼い彼を抱き締めていつもしてくれたように、彼は母のほっぺたにキスをした。そして、子供の時と同じように母にしがみ付き、安心して目を閉じた。

暗い庭から、ガラス戸の隙間に、その一部始終を見届けた園部は、明日、亜紀を保護するという理由で東京へ連れて行く事を決意する。

夜明け前、外からの細い風に揺れるランプの灯りに、亜紀は目覚めた。うつろな眼差しで、寝たまま手が届く場所に置かれたレコード盤に、震える指先を伸ばして針を乗せた。琥珀の部屋にスローなブルースが流れ始めた。隣に眠るのが誰か確かめるように、亜紀が彼の髪や頬を触っていると、みずきは目を開けた。

亜紀は、互いの唇が触れそうな程の距離で、何か言おうとしている。みずきが亜紀を見て「何?」と、目で尋ねると、亜紀は小さな声で「みずき?」と聞いた。みずきは「うん」と答えた。

今度は「和也?」と尋ねた。みずきは少し黙った後で小さく頷いた。亜紀は愛おしそうな顔でみずきに頬ずりをして、彼の唇に口づけをした。みずきは亜紀に体を向けると、彼女の背中を抱き寄せ微笑んだ。そして、しばらくの間、二人は口づけを交わし合った。

みずきは亜紀の胸元を広げ、そっと撫でて乳房に口づけた。彼が二人の衣服を取り去ると、亜紀はみずきの背中に腕を回して、長い年月、彼女が刻み続けて来た全ての傷を、今夜は掌で優しくさすり続けた。

琥珀色の灯りに揺れながら、二人は胸から足の爪先まで裸の体を重ね合い、互いの肌の感触と熱を分かち合った。潮《うしお》が高まるように、波と波が寄せ合っては交じり合い、やがて二人は一つの毛布にくるまって朝を迎えた。

＊

翌朝、みずきが出勤のため、車に荷物を乗せていると、亜紀が縁側に出て来た。彼女は、あの白いドレスを着て化粧をしていた。朝の陽射しが庭の明るさを反射して、亜紀の肌を明るく輝かせている。長い髪を一つに編み込んで胸の前に下げている。今日は母の誕生日であり、母と父の結婚の約束をした日でもあった事を、みずきは知っていた。

「この服、去年よりまた緩くなっちゃった。おかあさん随分痩せたから、何だか変だよね？」

「ううん、よく似合ってる」

みずきは母の元へ歩いて行った。

「みずき、おかあさんさぁ、丘の上の病院に入院する。その前に、白駒の湖に連れてってくれる？」

「うん」

「そしたら、もうこの服着るのやめようと思ってるんだ。昔の事は忘れて、もっと気楽に生きてみるよ。みずきの笑顔を、ずっと見ていたいから……」

みずきは、母の前に立つと、

「すごく、綺麗だ」

と言って、両手を差し出した。そして、軽々と母を抱きかかえると、朝陽が零れる秋の庭を歩き、くるりと回ってみた。亜紀はみずきにしがみつきながら、

「やーだ、なにするの？」

　と言って笑った。

「ごっこしよう」

「何、それ」

「結婚式ごっこ。おかあさんの誕生日祝いと一緒に。

　今日は残業しないでケーキを買って帰るよ。そしたら、ウェディングの真似しようよ」

「いいねえ、面白そう」

「ジンジャーエールで乾杯しよう。この服のままで待ってて。約束だよ」

「分かった。ご馳走作って待ってる」

　みずきは亜紀を抱っこしたまま庭を歩いた。そこへ、下の家の主婦が回覧板を持って来て、驚いた様子で母子を見ていた。

「おはようございます」

　と二人で挨拶すると、主婦は呆れた顔で首を傾げながら、

「いくら山の中だってさぁ、夜中に戸を開けっぱなしてギャーギャーわめいたら、村中に響き渡るよ。全く、毎晩、毎晩……」

　と嫌味っぽく言って、郵便受けに回覧板を乱暴に突っ込んで帰って行った。

「すみません」と二人は言って、また顔を見合わせ笑い合った。

あの人の胸に抱かれたくて……

園部は、みずきが仕事に行っている間に、今日、何としても亜紀を東京へ連れて行く事を決意し、古民家に向かった。和也とみずきへの激しい嫉妬と亜紀への狂おしい熱情が、園部の理性とプライドを掻き乱していた。

亜紀は久し振りに開け放した琥珀の部屋で、白いドレスで毎年の儀式のように、アンティークの椅子に座って片膝を立て、足の爪にペディキュアを塗っていた。幾度かの断酒により、昨夜、離脱症状のピークを越えたせいか、今朝は気分が良く、体が大分軽くなった気がした。みずきに抱っこされて、和也の優しさに甘えた時の幸せな場面が浮かんできた。

そこへ突然、園部が庭に車を乗り入れた。降りるといきなり、夕べ目撃した事を話し出した。

亜紀は急いでガラス戸を閉めようとしたが、園部は強引に縁側に上がり、逃げようとする亜紀を追いかけた。園部はソファーに亜紀を追い詰め、倒れ込む彼女に覆い被さった。拒絶する亜紀に、社会的地位も権力も持ち合わせた自分が、何もない和也とみずきの親子に負けたのだと思うと、彼の中に怒りと復讐心が募った。園部は押し殺した声で言った。

「何故逃げるんだ？　私と一緒に東京へ行こう。兄は挫折を繰り返した挙げ句、君を捨てて他の場所で家庭を持った。兄よりも私の方が仕事も出来るし、もうすぐ取締役社長になる。私は君を守る全てを持っている。君をいくらでも幸せに出来るんだ。こんなに愛しているのに」

「嫌だ、あなたじゃない。あたしは今でも……」

「兄を愛していると言うのか？　もうこの世にいないんだぞ。いつまで酒でごまかして不幸に酔いしれているつもりだ。私は今日、君を連れて行く。君を助けるために！」

園部は、うつ伏せになった亜紀を逃すまいと、強く押さえ付けた。亜紀は棚の上の電話機に手を伸ばそうとした。

「みずき、助けて」

「助けてだと？　彼を奴隷のように扱って、死ぬまで自分に縛り付けるつもりか。私は知ってしまったんだ。まだ小さかった息子にしてきた事を。あんなに傷だらけにして、あれは虐待なんだぞ。母親として失格だ！

そして、大人になった息子と……。あんな事を続けていたら最後に君達は、許されない関係を断ち切れずに、いつか親子心中という最悪な結末を迎える事になるだろう。それで本望か？」

「助けて……、和也」

園部は身動きが取れない亜紀を力ずくで押さえながら、うなじにキスをした。レースの服の中に手を這わせ、スカートの中に足を入れて来る園部に、亜紀は精一杯体を固くしながら、ソファーの下を必死に手探りした。そして、みずきに隠していた酒が入った布製のバッグから、一本のワインの瓶を取り出した。亜紀は自らあお向けになり、園部が力を緩めた隙に、思い切り彼の頭にそれを殴り付けた。

しかし、女の痩せた腕では、分厚い瓶が割れる程の力は出なかった。園部は亜紀から体を離すと、立ち上がろうとしてふらつき、木目のテーブルの角に側頭部を強く打ち付けた。園部のこめかみから血が流れ、彼はその場に倒れ込んだ。

亜紀は夢中で残りの酒瓶が入ったバッグを掴んで玄関に走った。園部を殴ったワインの瓶は、ゴロゴロと琥珀の部屋から縁側を転がり、三和土《たたき》に落ちた。粉々に砕けたガラスの破片と赤い液体とが、真昼の陽射しに輝きながら、血しぶきのように飛び散った。

亜紀は玄関に出ていたみずきの青いサンダルをつっかけ、ふらふらと坂道を駆け下りて行った。下の道路に出ると、空車のタクシーが通りかかった。車の前に飛び出そうとするかのようによろける女の直前で、タクシーは急停止した。車窓を激しく叩く女のただ事ではない様子に、ドライバーが後部座席のドアを開けると、女は白いスカートの裾を翻《ひるがえ》して乗り込んで来た。

亜紀は「白駒へ」と伝えた。ドライバーは客の指示のままに走り出した。亜紀は後部座席に寄りかかると、バッグに入った複数の酒の小瓶を取り出し、次々にラッパ飲みを始めた。あっという間に三本飲み干すと、

「早く早く」とドライバーを急かした。

「お客さん、一体どうしたんですか？」

驚いたドライバーが聞くと、

「悪い奴が追いかけて来る。都会の悪い男があたしを殺しに来たんだ。助けて、早く行ってよ！」

ドライバーは酒臭い乗客のうわ言など信用する事は出来なかったが、取り敢えず白駒へと向かった。亜紀は後ろからドライバーの首に腕を回して制服の襟を掴んだり、ネクタイを引っ張ったりして訳の分からない事を叫んだ。中年のドライバーは、首に絡み付く女の汗ばんだ真っ白い腕と赤いマニキュアと、耳たぶに口紅がくっつきそうになるほど急かしながら挑発してくる様子に、

「危ないなあ、もう……」

と言いながら、まんざらでもない顔をした。帽子まで取られ、肩に垂らした髪の先が口に入りそうになったりと女にされるがまま、メルヘン街道を蛇行しながら、四十分かけて走り続けた。バックミラーに映る女の顔をチラチラ見ながら、ドライバーは終いに、切なそうな表情になって言った。

「参ったな～。ねえ、奥さん、そんな格好して、酒まであおっちゃって……、何があったんですかねえ？　悪い男に追われてるなら、山の中じゃなくて、警察にでも駆け込みましょうか？」

「違う、違う！　あの人が待ってるんだよ、あたしの事、待ってるんだってば！」

散々騒いで、やっと白駒の駐車場に到着した。亜紀がバッグから取り出した財布から一万円札を渡し、ドライバーがお釣りを計算していると、口を開けたままの財布が後部座席の下に落ちた。小銭が散らばる音がしたが、亜紀は財布もバッグもそのまま置き去りにして車外に出た。彼女は

ドライバーが止めるのも聞かずに、駐車場の奥にある茶屋に向かって、ワインボトルを一本だけ持ち、よろめきながら歩いて行った。ドライバーが座席の下に落ちた札や小銭を拾っている内に、他の客が急ぎ乗り込もうとして来た。ドライバーは、客に説明して酔っ払いの女の後を追うが、既に人ごみに紛れて見失ってしまった。茶屋にも彼女の姿はなかった。ドライバーは客の服装と異様な様子を従業員に伝えると、バッグと財布を預け、急いでタクシーに戻って行った。

亜紀は茶屋の横を通り過ぎ、森の中に入って行った。白いドレスを着て、男物のサンダル履きで酒瓶をぶら下げて、ふらふらと歩く中年女性の姿を、観光客は不思議そうに見るが、誰も気味悪がって関わろうとしなかった。

亜紀は遊歩道から逸れて、観光案内にない、苔むす濡れた森の中を歩き続けた。四時を回り、彼女はその場所に辿り着いた。

「ずっと待ってた……。謝りたいの。あたしを迎えに来て」

と呼びかけた。夕方の湖畔の水辺に、あの時と同じ、エメラルド色のさざ波が静かに寄せている。亜紀は吸い寄せられるように足を出した。ワインボトルが手から滑り落ち、片方のサンダルが脱げた。裸足になった彼女は、冷たい水の中に足を浸し、愛する人の胸に抱かれたくて両手を伸ばした。やがて、白いドレスは、エメラルド色の小さな渦の中に飲み込まれていった。

湖畔の反対側から観光客の一人がそれに気付いた。その発見者は、夕方で人が疎《まば》らになった周囲に助けを呼びながら、湖を回り込んで走って来る。しかし、原生林の道なき場所に救助が来るまでには、長い時間がかかった。

＊

五時を回った頃、みずきは来客の家族をテーブルに案内していた。

「やあ、一年振り。元気だった？　ここのコーヒーが飲みたくてね。帰りに寄ったんですよ」

毎年、秋の信州を楽しむ客がみずきを覚えていて、声をかけてくれるのだった。

「ありがとうございます。ゆっくりしていって下さい」

厳選された豆を引いたコーヒーの評判と同じく、みずきの穏やかな笑顔は、旅行客の旅の疲れの癒しになっていた。

厨房の奥の壁に取り付けられた棚には、小さいテレビが置いてあり、昼間、隣県で起きた地震情報を、節子は気にしていた。臨時ニュースのテロップが流れ、厨房に入ったみずきもアルバイトと共にそれに注目した。テロップと共にアナウンサーが臨時ニュースを伝え始めた。

「今日午後四時頃、八ヶ岳の白駒の湖で女性が溺れ、消防隊員により、たった今救出されました。目撃者の話によりますと、女性は足を滑らせ湖に落ちたと思われます。また、女性が乗って来たタクシーに落とした、白い布製のバッグとピンクの財布が届けられています。女性は四十代と見られ、白いレースの服と白いスカート姿。男物の青いサンダルと酒の瓶が現場の水際に落ちており、事故・自殺の両面から捜査を……」

そこまで聞くと、みずきは急いで家に電話をした。しばらくして苦しそうな男の声がした。

「私だ、園部だ。さっき亜紀さんが、興奮して出て行った。行き先は、分からない……」

「なんであんたが家に。おかあさんに、僕の母に何をした！」

みずきは激しく受話器を置くと節子に、

「すいません、行かせて下さい」

と言ってエプロンを取り店を飛び出した。コーヒーを淹れていたマスターも、

「俺も行くわ！　後は頼む」

と言い残し、続いて店を出た。節子は「気を付けて！」と叫ぶように声をかけ、胸の前で固く両手を組んだ。

車を走らせながら、みずきは小さい頃亜紀が彼を連れ、あの場所で死のうとした事を思い出した。けれど、みずきの笑顔を見て引き返したあの場所。そして、みずきがあの人と一緒に死ねるかもしれないと思い、やはり生きようと決めた、あの場所。

母は、愛する人と結婚の約束をしたあの湖畔で、彼の元に行こうとしたのか？　それとも、生きるために幸せな想い出を探しに行こうとしたのか？　あの白いドレスで……。

＊

駐車場に到着すると、既に警察車両や消防車、救急車が停まっており、帰りの観光客も興味深

く森の方を見守っていた。みずきは真っすぐにあの場所に向かい走った。苔の森を抜け湖畔に出ると、警察や鑑識官が、すでにビニールシートに仰向けに寝かされた女性の身体を調べ終わった所だった。白いドレスを着た女性は全身ずぶ濡れで、ピクリとも動く気配はない。湖の藻や木の枝が絡み付き、まるで打ち捨てられた人形のようであった。

　みずきは警官の静止を振り切りながら、「おかあさん！」と叫んだ。彼がそう呼ぶのを聞いて、警官は彼が女性の元に行くのを許可した。

　みずきは躓きながら走り寄り、跪《ひざまず》いて傍らの白いドレスの女性に話しかけた。

「おかあさん、僕だよ、みずきだよ。どうしたの？　目を開けて。」

　彼は女性の冷たく濡れた全身を見ながら、振り絞るように言った。

「こんなに濡れて……。迎えに来たんだ、一緒に帰ろう。温めてあげるから……。だから、早く目を覚まして」

　何も答えない女性の、蒼白の頬に付着した落ち葉の切れ端を取り除いてやると、夕べと同じように、眠っている彼女が目を覚まして、彼に微笑むのを願いながら、彼女の胸に掌を乗せ、薄っすらと開いた唇に、彼の唇を近づけていった。

　それを遮るように、コートを着た刑事らしき男性がみずきに問いかけた。

「あなたの名前を、教えて頂けますか？」

「黒沢みずき」

「こちらの方の名前は？」

「黒沢……亜紀」

「さっき、おかあさんと呼んでいましたが、こちらの女性はあなたの母親で間違いないですか？」

刑事は淡々と聞いた。みずきは地面に跪いたまま、ただ頷くだけであった。刑事は女性の所持品だと思われる、ピンクの財布と白いバッグ、そして事故現場に落ちていたとされる、ワインボトルと片方の青いサンダルを確認するよう指さした。

みずきはそれらを見て頷くと、母の固く握られた掌の中に、くしゃくしゃになった小さな紙を見つけた。彼はそれを取り出し、濡れて破れかけた一枚の白黒の写真を広げた。それには、この場所で二十数年前に撮った、若い男女が寄り添って映っていた。みずきによく似た背の高い男性と、幼さの残るふっくらした頬に、はにかむように微笑む、白いドレスを着た女性の姿……。

「残念ですが、先程死亡が確認されました。直接の死因は、飲酒後に湖の中に入ったために起きた、心臓麻痺によるものと思われます。大分お酒を飲まれていたようで、足を滑らせて水の中に落ちたのか、自ら入ったのか？　幾つか目撃証言もありますから。まあ、詳しい事は検視をしてからという事で。では、息子さんも署まで御同行願います」

刑事はみずきに立ち上がるよう促したが、彼は母の傍らに座ったまま立ち上がろうとしなかった。再三の促しにも応じず、写真を食い入るように見つめている彼の横で、担架が運び込まれ、母の遺体を乗せようとした。警官が強引にみずきを立ち上がらせようと腕を掴むと、彼は尻もちを付いてしまい、立つ事さえ出来なかった。

「僕が、家に連れて帰りますから。もう、いいんだ、おかあさん。いいんだよ、もう……」

みずきの頬に涙が幾筋も零れた。やっと追い付いたマスターが駆け寄り、「みずき！」と叫び、彼を後ろから強く抱き締め、後は何も言えなかった。

再会と感謝

信州は新緑の季節を迎え、全ての樹々の葉が生まれ変わりながら輝いている。

璃世は、三年振りに高原の駅にやって来た。駅舎から見える懐かしい風景は何も変わっていないように思えた。彼女は二度とこの地にはやって来ないと決めていた。しかし、今日は何としても来なければならなかった。

時子の実母から手紙をもらっていたからだ。


時子は一年前、末期の大腸癌で手術をしたが、骨にも転移し、あと三か月の命との知らせだった。今は、隣町の彼女の実家で、在宅ホスピスで療養している。長年の義父母との生活でストレスを抱えていた彼女は、体調が悪化するまで病院に行こうとせずに、ステージが上がっていたとの事。手術後は、実の両親の元で療養したいと言って退院した。最期の姿は他人に見られたくない。家族だけで看取ってほしい。ただ、三年前に別れた璃世に、会って伝えたい事があった。遠方のため、呼ぶのを遠慮していたが、良かったら、話が出来る内に電話だけでもしてやってもらえたらと、書いてあった。

　璃世は今日、時子を見舞うためだけに、たった一時間だけ信州を訪れようと決めたのだった。時子の実家に着くと、彼女が子供の頃、自分の部屋にしていた畳の一室に布団を敷いて寝ていた。あと三か月とは思えない程、時子は穏やかで、痩せた事以外は前と変わらないように見えた。実の両親の元に帰り、心から安心した日々を送っているのが、表情から窺えた。

「璃世ちゃん、来てくれたんだね。遠いのに、本当にありがとう」

「時ちゃんに会いたくて、勝手に来てしまったの。ごめんなさい」

「この家はね、あたしが生まれてから結婚するまで、ずっと住んでた家。実家って言っても、そこに兄弟の家族がいれば、自分が生まれた家であっても、自分の家ではないのよね。兄の家族が転勤で引っ越してから両親だけになって。本当は娘が親の面倒を見に行かなきゃならないのに、どうした訳か、年取った親に、娘が看られる事になっちゃった……」

「でも今は、思う存分甘えられるわね」

　あの頃二人は、駅前のレストランで時々お茶をしたが、時子は璃世に、この地方の観光地をもっと案内してあげれば良かったと言った。

「外から来る人達は、こんな素晴らしい場所に住めて幸せねって言うけど、地元にいると眺めるだけで、殆ど遊びには行かないものよ。この山の裏はね、車ですぐに霧ヶ峰高原に行けるの。璃世ちゃんを連れて行ってあげれば良かった……」

「時ちゃんと同じように、私はここに住んで、ここから景色を観るだけで幸せだったのよ」

「そう言ってもらえてホッとした。実はね、もう一つ悔やんでいた事があるの」

「何？」

「あの頃、璃世ちゃんがすごく悩んでいるのが何となく分かっていたの。それなのに、自分の愚痴ばかり聞いてもらって、何も相談に乗ってあげなかったのが心残りだった。それを謝りたくて。ごめんね……」

璃世は、小さくなった時子の手を取り、両手で包んだ。

「謝らないで。実を言うとね、私は若い時から心を病んでいて鬱々としていたの。それを隠すために明るく振る舞う事が習慣になって。でも、時ちゃんの何気ない心遣いが私を励ましてくれた。家族や周りの人達に知らない内に支えられていた事が、この年になってやっと分かったの。時ちゃんの明るい笑顔が、一番のお薬だったのよ」

「今は、大丈夫なの？　辛い思いしてない？」

「うん、今は夫も息子も仕事や学校で遠くに行ってて……、一人で自由になって、好き勝手に生きる事にしたの。そしたら吹っ切れたみたいで、何だか楽になった」

時子は笑って言った。

「そうなんだ、良かった。早千江はね、駆け落ちしてから一年くらい、八王子で彼と住んでたけど、今は居場所が分からないんだって。子供や親を捨てて、生きてるのか死んでるのかさえ……。でも、早千江が選んだ人生を、誰も止める事は出来ない。本人さえもね。それはそれでいいって、今は思える……」

璃世は時子の手を握って、ただ「ありがとう」と、感謝の言葉を繰り返すだけであった。

死を受け入れる勇気を持つ時子に会い、璃世の命の奥底に、生きるエネルギーが脈打っている事を、否定する事が出来なかった。

時子の家の前に立つと、八ヶ岳の峰々がこちらに翼を広げている姿に見えた。愛すべき人々に奇跡が起きますようにと、璃世は祈った。

白い花

時子を見舞った後、璃世は一人住む世田谷の自宅に帰るだけであった。

璃世はタクシーを拾い、駅までと告げようとした時、無意識に、ある方面に向かうよう伝えた。あの道を行けば、登山道に繋がる坂道に出る。タクシードライバーは、到着場所を告げない乗客を不思議に思った。ツバの広い帽子を被った都会的な洋装とイントネーションから、何故この山の道を行くのか？

あのガソリンスタンドは、相変わらず県外の車が出入りしている。少し行った先を左に曲がり坂道を上る。その途中璃世は、見覚えのある生垣の奥に、あの黒いセダンがあるのを見た。そして、白く輝きながら揺れる木の前には、一人の青年が……。

璃世は、ドライバーにもう少し上った先を折り返すよう告げた。その場所は、今はきれいに舗装されており、前よりも道幅が広くなっていた。

「最近、観光開発が盛んに行われるようになりましてね、蓼科と登山口を繋ぐ新しい道路を作っている最中なんですよ。この先にも、スキー場を作る計画があって、段々賑やかになって行くと思いますよ」

ドライバーが説明した。タクシーは折り返す時、一度で向きを変える事が出来た。坂を下る途中、璃世はドライバーに停まるよう頼んだ。彼女はツバ広の帽子を目深に被り、後部座席から生垣の奥の庭に目をやった。

一人の青年が椅子に座り、こちらに背を向け、木の前で何か手を動かしている。五月とはいえ、今日は陽差しが強く、山間のこの地域でも汗が滲む程である。

青年は額の汗を拭う仕草をした。彼は立ち上がると着ていたブルーの半袖Tシャツを脱ぎ、それで首や裸の上半身の汗を拭いた。そして、物干しに吊るしてある幾つかのハンガーから、半袖の白いTシャツを選んだ。

青年の背中や腕には、あの傷がまだ残っていた。しかし、三年前のあの夜、琥珀色の部屋で彼女が数えた古い痣と真新しい傷は、今は色褪せ、若い肌に吸収されながら、その存在を手放そうとしていた。

テーブルに立てかけられた小さな額と、花柄の白いコーヒーカップ。彼はデッサンをしているのだろう。母親が彼に名付けた、あの真っ白な花の咲く木を。

青年は真昼の太陽を見上げると、白いTシャツの袖を肩の上まで捲り上げた。全ては消えないであろう傷痕を、今はもう何も隠す必要がないかのように……。

青年は、五月の風に乾いた何枚かの半袖のTシャツと、半袖のワイシャツを取り込み始めた。

璃世はドライバーに「行って下さい」と告げた。タクシーは静かに走り出した。その気配に気付いたのか、青年は生垣の方を振り向いた。だが、そこには何もなかった。

璃世は、ツバ広の帽子を前にずらし、

「さようなら」

と囁いた。帽子の陰から一筋の涙が頬を伝った。

そして、東京へと続く、あの駅まで。

「四時のあずさに、間に合うかしら？」

と、タクシードライバーに尋ねた。


特急列車あずさの窓から遠のいて行く信州の空は、天に溶け込むようにどこまでも美しく澄み渡っている。八ヶ岳は今も変わらず、蒼く凛々しい姿で、郷土に生きる人々の喜怒哀楽を見守っている。

エピローグ

北八ヶ岳の原生林のその奥に、苔むす濡れた森が息づいている。早朝の霧に導かれ、みずきは一人歩き続けた。

その小さな湖は、夜明けと共に目覚め、樹々の隙間から朝陽が射すと、暗い色の水はエメラルドグリーンに輝き出した。みずきは、さざ波が寄せる水辺に跪き、輝く水に口づけをした。そして両手に水をすくい、顔の上に高く掲げた。

みずきを取り巻く女性達の母性と悲しみが、愛の光となって彼に語りかけながら、指の隙間から降り注ぐ。

みずきは地を這う太い樹の幹に座り、大樹に抱かれながら、静かに目を閉じた。

おわり

著者プロフィール
シャンチュアン トメコ
長野県出身、東京都在住
9月生まれ

琥珀の部屋

2024年4月15日　初版第1刷発行

著　者　シャンチュアン トメコ
発行者　瓜谷 綱延
発行所　株式会社文芸社
〒160-0022 東京都新宿区新宿1－10－1
電話 03-5369-3060（代表）
03-5369-2299（販売）

印刷所　株式会社晃陽社

ISBN978-4-286-24825-7

郵 便 は が き

料金受取人払郵便

新宿局承認

2524

差出有効期間
2025年3月
31日まで

(切手不要)

160-8791

141

東京都新宿区新宿1－10－1

(株)文芸社

愛読者カード係 行

ふりがな お名前		明治 大正 昭和 平成 年生 歳
ふりがな ご住所	□□□-□□□□	性別 男・女
お電話 番　号	(書籍ご注文の際に必要です) ｜ ご職業	
E-mail		

ご購読雑誌(複数可)	ご購読新聞 新聞

最近読んでおもしろかった本や今後、とりあげてほしいテーマをお教えください。

ご自分の研究成果や経験、お考え等を出版してみたいというお気持ちはありますか。

ある　　ない　　内容・テーマ(　　　　　　　　)

現在完成した作品をお持ちですか。

ある　　ない　　ジャンル・原稿量(　　　　　　　　)

書　名				
お買上 書　店	都道 府県	市区 郡	書店名	書店
			ご購入日	年　月　日

本書をどこでお知りになりましたか?
1.書店店頭　2.知人にすすめられて　3.インターネット(サイト名　　　)
4.DMハガキ　5.広告、記事を見て(新聞、雑誌名　　　)

上の質問に関連して、ご購入の決め手となったのは?
1.タイトル　2.著者　3.内容　4.カバーデザイン　5.帯
その他ご自由にお書きください。
(　　　)

本書についてのご意見、ご感想をお聞かせください。
①内容について

②カバー、タイトル、帯について

弊社Webサイトからもご意見、ご感想をお寄せいただけます。

ご協力ありがとうございました。
※お寄せいただいたご意見、ご感想は新聞広告等で匿名にて使わせていただくことがあります。
※お客様の個人情報は、小社からの連絡のみに使用します。社外に提供することは一切ありません。

■書籍のご注文は、お近くの書店または、ブックサービス(0120-29-9625)、セブンネットショッピング(http://7net.omni7.jp/)にお申し込み下さい。